예언자

예언자

백
소
원 소설

내 인생에 나타난 새로운 예언자에게서는 흔히 선지자에게서
기대되는 신비스러운 분위기는 하나도 찾아볼 수 없었다.
그는 펑퍼짐한 복부를 지닌, 어디서나 볼 수 있는 그냥 그런 아저씨였다.

겉모습으로는 분명 그러했다.

바른북스

I

 오랜만에 보는 그 남자는 허리춤까지 내려오는 긴 머리칼이 은색으로 빛나기 시작했다는 점을 빼면 변한 것이 없었다. 생로병사의 지난함과 노동의 고단함이 그 남자만 비켜 지난 것도 아닌데 오히려 피부는 더 윤택해진 광을 머금고 있었다. 코팅 염료를 얇게 펴 바른 듯 전신에 흐르는 옅은 빛으로 인하여 나는 마침내 남자가 그 어떤 경지에 도달한 것은 아닐까 여겼다. 진경이로구나, 그는 예의 빙긋한 웃음을 보였다.
 그의 공간은 여전했다. 거울도 그러했다. 붉은 저질 플라스틱으로 동그랗게 테를 두른. 거울은 남자의 남루한 세간살이에 이

물감 없이 어울렸다. 개 같이 벌어 정승같이 쓴다는 격언은 노동의 목적은 고상한 소비임을 드러낸다. 비록 남자의 노동이 개 같이 비천하지는 않았다 한들 고 알토란 같은 노동의 산물은 정승같은 소비로 남부럽지 않게 이어졌어야 마땅했다. 버릴 줄 모르는 남자, 버려야 할 것도 끝끝내 고쳐 쓰는 남자. 남자의 일평생 노동은 무엇을 위함이었을까.

-그래, 잘 지냈는가. 진경이는 얼굴을 도통 보여주질 않으니 원.

-진경이가 그간 사정이 좀 그랬습니다.

묵묵히 서 있는 나를 대신해 대답을 한 건 나보다 한발 먼저 그의 공간에 들어선 엄마였다.

그간 사정이라면 좀 그러긴 했다. 그간을 어느 정도의 기간으로 잡아야 할지 시작이 불분명할 정도로 내 사정은 오래전부터 그랬다.

엄마는 들고 온 멜론을 바닥에 내려놓고 거울을 향하여 삼배를 올렸다. 그러는 동안 남자는 조용히 거실의 창문을 열어주었다. 열린 창으로 소리가 들어왔다. 깊숙한 냄비 안에서 무엇인가가 지글거리듯 한 시장의 소리도 건재하였다. 삼배를 끝낸 엄마는 멀뚱히 서 있는 나를 돌아보며 눈썹을 찡그렸다. 그제야 나도 붉은색 플라스틱으로 테를 두른 거울을 향해 두 손을 모으고 고개를 숙인다. 한 번, 두 번, 그리고 세 번.

엄마는 남자보다 나이가 네댓 살이 많았고 그 사실을 모르는 누군가에게 굳이 상기시킬 필요가 없을 정도로 물리적 노화는 엄마에게서 압도적으로 진행되고 있었다. 그러나 남자 앞에서 엄마는 언제나 그러했듯 공손했다. 남자가 엄마에게서 멜론을 받아 들려고 하자, "아닙니다. 제가 하지요." 발소리를 죽인 엄마가 부엌으로 얌전히 걸어 들어갔다. 최상급의 멜론 두 덩이는 부피와 무게가 상당했다. 그 때문에 과히 건강하다 할 수 없는 육십 대 여인이 혼자 들고 균형을 유지하기에는 무리가 있었다. 걸음을 내디딜 때마다 멜론이 달린 쪽으로 홀쭉한 몸이 기우뚱했다. 그에게서만 정지된 시간이 곱지 않다. 어째서 이곳은 태연한 모습으로 여전한가.

썰려진 멜론은 재물대에 올랐다. 평범한 접시일 뿐이지만 멜론은 그냥 그런 멜론이 아니었기에 그것이 올려진 접시 또한 그냥 그런 접시일 수는 없다. 하여 멜론이나 접시 모두 영문을 모른 채 내 샐쭉한 눈초리에 얻어맞았다 한들 억울할 것은 하나 없다.

남자가 멜론 한 조각을 포크에 찍어 나에게 건넸다. 깨어 물자 과육이 허물어지고 금세 액체로 변했다. 혀를 촉촉이 적셨다. 나름의 교양을 갖춰 조신하게 먹으려고 하는 노력은 목울대에 경직을 가져와 꿀꺽하고 과즙이 넘어가는 소리가 크게 울렸다. 그들이 내가 긴장하고 있는 것으로 오해하지 않기를 바랐다.

그가 서 있는 이 공간을 집이라 부를 수 있다면 나는 그러니까 남자의 집에 오는 것을 꾸준히 싫어했다. 그럼에도 불구하고 6학년 때 엄마의 손에 이끌려 이곳에 처음 오게 된 이후부터 성인이 될 때까지 나는 발을 끊지 못했다.

엄마가 동행을 요구할 때마다 나는 그것을 뿌리치지 못했다. 그건 남편으로부터 경제적인 자립은 고사하고 사소한 발언이나 티끌만 한 행동의 자유도 보장받지 못했던 불행한 엄마와 나를 분리할 수 없는 운명 공동체라고 여겼기 때문이다. 나는 그다지 고분고분한 아이는 아니었지만, 내 반항으로 엄마의 고통이 커지는 것을 원하지 않았다.

저 거울 대신 차라리 조악하나마 불상의 형체를 띤 무엇이라도 얹어 놓았다면 좋았을까. 그랬다면 시장통에 낡은 단독주택에 불과한 이곳을 '절'이라고 명명했던 엄마를, 그리고 젊은 아낙의 섬김을 당연한 듯 넙죽 받아들였던 긴 머리 남자를 이해하는 데 도움이 되었을까.

서른일곱이 된 나는 다시 여기에 있다. 늙어버린 엄마와 그에 비해 멀쩡해 보이는 남자는 내 앞에서 두런두런 일상을 나누었다. 무화과가 나올 철인데 시장에 통 보이지 않는다는, 옥상에 키운 방울토마토가 크기는 작아도 맛은 그럭저럭하니 갈 때 가지고 가라는. 엄마는 더 이상 남자에게서 깨달음을 구하지 않았다.

엄마는 방울토마토를 좋아하고, 남자는 무화과를 좋아한다. 서로가 좋아하는 것들을 챙기며 상대에게 필요한 이가 되기 위해 노력하는 일은 의심할 여지 없이 애정의 영역이다. 다소 쓸쓸해진 나는 오래전 엄마에게 내려진 예언의 한 도막을 기억에서 끄집어 내어 보았다. 닳고 낡은 그 말을.

"당신은 자유롭게 해방될 것이오."

엄마와 남자는 멜론을 깨물었다. 달구만, 달지요. 내 양쪽에서 후르륵, 과즙이 넘어가는 소리가 동시에 들렸다.

1

 반신형 마네킹 인형이 서른 개 정도 강당 바닥에 가지런히 누워 있었다. 민머리 아래 눈코입이 오밀조밀했다. 나는 아스라이 벌어진 인공의 입술과 정지된 얼굴을 멍하니 바라보고 있었다.

 -준비하시고.

 강사가 신호를 주자 열을 지어 앉은 사람들이 일제히 무릎을 꿇고 마네킹의 가슴팍에 두 손을 모아 올렸다.

 -하나, 둘, 셋, 넷, 다섯, 여섯….

 구령에 맞추어 상체가 들썩였다. 박자는 정확했고 압력은 일정했다. 어느덧 숫자는 백이 넘어갔고 호흡이 거칠어지는 실습

자들의 이마에 땀이 촉촉이 배어 나오기 시작했다.

—네에, 일단은 여기까지. 원래라면 언제까지 해야 한다, 그렇지. 구급차가 도착할 때까지. 쉬면 된다고 안 된다고, 그렇지, 안 된다.

반말로 끝나는 어미마다 방점을 찍는 강사의 쩌렁한 목소리는 직원들의 사기를 더욱 고무시켰다.

—제가 여러 학교 다니면서 교육을 하고 있는데 어디가 일 등, 그렇지, 여기가 일 등.

강사가 두 엄지손가락을 세워 척 올려 보였다. 실습 뒤로 이론 수업이 한참 이어졌다. 강당 앞쪽 벽면에는 찰나의 선택이나 무지에서 오는 행동으로 허망하게 생과 사가 갈려버린 사례를 담은 슬라이드가 쉼 없이 넘어갔다.

—자!

단전에서 올라온 소리와 함께 갑작스레 강사가 우락한 팔을 활짝 벌려 손뼉을 쫙 쳤기 때문에 바닥에 쪼그려 앉아 점점 경직되어 가고 있던 몸이 움찔거렸다.

—다시 실습에 들어갑니다. 하임리히법, 이게 막상 해보려면 그리 만만치 않아요. 질식으로 얼굴이 하얘진 사람을 앞에 두고 자기가 더 하얗게 질려 발만 동동 구르면 된다, 안 된다, 그렇지, 안 된다. 백문이불여일견, 백견이불여일행. 자, 우리 일 등 학교

선생님들 중에서 자원하실 분은 손을 번쩍 들어주십시오.

몇십 분 전에는 누구라도 할 것 없이 사력을 다해 심폐소생술에 참여했던 동료들이 강사의 말에 일제히 시선을 아래로 떨어뜨렸다. 나는 이 패기 넘치는 응급처치 교육강사가 자원자를 받아낼 가능성을 회의적으로 점쳤다. 입을 꼭 붙이고 앉아 있는 아이들에게 발표를 종용하곤 하는 처지들이라 침묵 속에 놓인 강사의 맘을 충분히 헤아릴 수 있겠으나 누구 하나 먼저 손드는 이는 없었다. 이제 만만해 보이는 누군가가 간택되어 나가겠거니, 그 운수 사나운 사람이 설마 나는 아니겠거니 하고 있을 무렵에 저쪽에서 손 하나가 번쩍 올라왔다. 현 선생이었다.

-제가 해보겠습니다.

강사 쪽으로 자박자박 걸어가는 현 선생은 레이스가 달린 자카드 소재의 플레어 스커트를 입고 있었는데 이는 편안한 복장으로 참석하라는 학교 측의 공지와는 전혀 어울리지 않는 것이었다. 표현의 장에 스스로 참여해 본 경험이 전무하여 이와 같은 한심한 침묵의 결계가 익숙해진 사람들 사이에서 홀연히 등장한 이 당당한 지원자를, 그녀의 복장이 어떠했든 간에 강사는 미소로 맞이했다.

현선생은 딱 보아도 값이 꽤 나가 보이는 고급스러운 플레어 스커트 옆 단에 니은 자로 구부린 손을 공주처럼 얹고 사뿐히 걸어 나갔다. 그런 그녀의 뒷모습을 바라보는 이들의 눈에는 걱정이나 호기심 아니면 불안 같은 각색의 감정들이 실렸다.

미친년 널뛰듯. 비공식 교내 메신저를 자처하며 카더라 통신을 곳곳에 전달했던 이는 자신도 모르게 나온 말이 심했다는 듯 입을 어색하게 다물었다고 전해진다. 하지만 실제로 현 선생의 상태 조후는 냉습과 조열을 수시로 오가며 널뛰듯 했다. 교내 표준 행동거지를 판단하는 준거가 명확한 사람들에게 현 선생은 진즉부터 정상 범주에서 벗어난 사람이었다.

─환자와 구조자 두 역할이 필요합니다. 여기 멋진 선생님이 여성분이시니 아무래도 저 말고 다른 여자 선생님께서 한 분 더 나오시는 것이 좋겠어요.

이번에는 기다리는 대신 바로 한 사람을 지목했다.

─음, 저기 저쪽 선생님 여기로 나와주시겠습니까.

하필이면 그랬다. 강사가 가리키는 손끝에 내가 걸려 있었다. 강당 바닥에서 생과 사가 나뉘는 절체절명의 순간에 대한 복기가 여러 번 이루어지는 동안 나는 다시금 거짓과 정직 사이를 애매하고 모호하게 오가고 있었다. 강의 중간 네 마음 내가 안다는 따뜻한 눈으로 나를 보는 이가 두어 명 있었다. 잊을만하면 나타나는 위로에 나는 서서히 지쳤다.

지금 왜 하필이면 나일까. 그것도 현 선생의 파트너라니. 물론 남들 눈에는 내가 레이스 치맛단에 청승스러운 기운을 총총히 매달고 서 있는 현 선생과는 다르게 비칠 것을 안다. 그들에게 알려진 우리 각각의 비극은 분명 결이 다를 것이다. 현 선생과 나의 조합이 빚어내는 본질을 제대로 알고 있는 사람은 학교에서 오직 나밖에 없다.

별수 없는 노릇이다. 시범은 잠깐이면 족하고 잔상은 오래가지 않는 법이다. 우리의 일시적인 결합을 누구도 오랫동안 기억하지 않을 것이다. 그녀는 내 명치에다 대고 펌핑 시늉을 할 것이고 잠시만 견디면 그녀와 나는 깔끔하게 다시 분리될 것이다.

현 선생이 자신의 가슴을 내 등에 밀착시켰다. 플레어 스커트에서 쑥 나온 무릎이 내 엉치뼈를 지탱했다. 그녀는 두 손을 꼭 말아쥐고 뾰족하게 올린 오른쪽 엄지 관절로 내 명치를 푹 치켜올렸다. 현 선생은 시범은 흉내 내는 척에 불과한 것이라는 통상적인 관례를 과감하게 깼다. 널뛰듯 오르락내리락하는 현 선생은 때마침 극렬히 달아오른 상태였고 모든 것을 몇 배로 고양하고 있는 미지의 에너지에 휩싸여 있었다는 것을 그녀와의 교류가 전무하였던 나는 알지 못했다.

상복부가 찢어질 듯한 고통과 눈알이 앞으로 튀어나올 것 아릿함이 동시에 찾아왔다. 꼭 눈알이 아니더라도 정말 뭐 하나가 쏟아질 것 같은 기분을 느꼈는데 곧 나는 그것이 느낌에만 그친

것이 아니라는 참담한 현실을 마주해야 했다. 내 입에서 걸쭉하고 누런 액체가 터져 나왔다. 강사가 황급히 내 몸에 감긴 현 선생의 팔을 풀어냈다.

사람들의 동요가 느리게 재생되는 영상처럼 천천히 내 시야에 들어왔다. 그들은 입을 크게 벌리며 무엇인가를 서로에게 말했지만, 그들이 무슨 말을 주고받았는지 음성은 들리지 않았다. 그때 누군가 내 얼굴을 급하게 말아온 듯한 휴지로 비비댔다. 나는 고개를 아래로 떨어뜨리고 토사물이 묻은 축축한 휴지를 꼭 쥔 손을 내려보았다. 단단하고 싱그러운 손, 재원의 것이었다. 고마움이 먼저였는지 아니면 부끄러움이 그보다 빨랐는지 확실하지 않았다.

토사물이 치워지는 동안 멍하니 무릎을 꿇고 있었던 것 같다. 천천히 흘러가던 영상이 이내 제 속도를 찾아갔고 제거되었던 음성들이 살아났다.

-119 불러야 되는 거 아냐?

-아니, 이거 봐요. 척만 하는 거지 정말로 그래버리면 어떡합니까.

-교장 선생님께 보고해야 하나.

-김 선생, 김진경 선생, 괜찮아요?

나는 고개를 까딱이며 내 앞에 함께 무릎을 꿇고 있는 이들을 바라보았다. 강사를 떼밀어 내다시피 하고 서서 자신의 두 손가락으로 내 턱 아래의 맥을 짚어대는 장 부장이 있었고, 그 곁에 거대해진 휴지 뭉치를 들고 있는 재원이 보였다. 그의 손에서 쉰내가 풀풀 풍겼다. 그리고 마지막으로 조금 전까지는 내 위 속에 고여 있었을 누런 액체를 레이스에 묻힌 채 말아쥔 주먹을 입에 붙여 만든, 상투적으로 놀란 얼굴의 미친 현 선생까지. 떼를 지어 거칠게 내 시야에 들어오는 그 사람들이 내 삶의 서사를 어떤 식으로든 풍부하게 만들 것이라는 예감이 점점 또렷이 떠올랐다.

1

먼 옛날 예언자 노스트라다무스가 일상에서 만났던 무수한 이들, 예를 들어 그가 들렀던 과일 가게의 주인이나 그의 머리를 다듬어 주었던 이발사 같은 사람들은 그가 비범한 능력이 있음을 첫눈에 알아챘을까. 만약 노스트라다무스가 지극히 평범한 인상을 지닌 동네 아저씨에 불과했더라면 예언자의 이야기는 싱거운 신화가 되어버리는 걸까. 내 인생에 나타난 새로운 예언자에게서는 흔히 선지자에게서 기대되는 신비스러운 분위기는 하나도 찾아볼 수 없었다. 그는 펑퍼짐한 복부를 지닌, 어디서나 볼 수 있는 그냥 그런 아저씨였다. 겉모습으로는 분명 그러했다.

학교 사람들은 대체로 예상이 가능한 범주를 크게 벗어나지 않았다. 어디에 섞여도 무난하게, 어지간하면 착한 사람들. 하지만 장 부장의 성정은 좀 남다른 데가 있었다. 그건 그가 별스럽게 모나거나 악해서가 아니었다. 단지 그가 내뿜는 기운이 우리 네 동료들의 일반적인 것과 다소 달랐다. 그건 첫날부터 그랬다.

-아핫, 자. 반가워요, 다들. 나는 올해 6학년 부장을 맡은 장주환이오. 우리 셋은 이제 한 팀입니다. 앞으로 자알 부탁드립니다, 아핫.

그러고는 덥석 내 손을 집어 올려 반강제적으로 악수를 청했는데 그가 솥뚜껑처럼 커다란 자기 손으로 앙상한 내 손을 으스러지도록 꽉 쥐었기 때문에 하마터면 악, 소리를 지를 뻔했다. 그건 재원에게도 마찬가지였다. 생면부지의 재원과 나에게 어떤 유감이 있다기보다는 단지 조심성 없는 습관인 것 같았다. 황급히 손을 뽑아냈던 나와는 달리 재원은 두 손으로 깍듯하게 그의 손을 영접했다.

개학을 앞둔 2월 말은 미리 준비해야 할 일들이 물밀듯이 밀려왔다. 학년 교육과정을 문서로 작성하는 일은 필시 내 몫이 될 것임이 분명했기 때문에 본격적으로 시작될 업무의 늪에 빠질 생각을 하니 이내 가슴이 답답해졌다.

아이들이 없는 학교에 출근한 교사들이 각자 바쁘게 업무에 매진하고 있을 때 교무가 황급히 장 부장에게 다가와 전년도 담당자가 수학여행 버스 입찰 건을 마무리하지 않고 전근하였다며 당장 해결을 보라고 말했다. 곧 운영위원회가 열릴 예정이니 수학여행 코스를 검토해서 수일 내로 알려달라는 말도 덧붙였다. 숙소와 체험장 예약은 서두르지 않으면 낭패가 될 거라고도 경고했다. 모두 6학년 부장을 안 하려고 하는 데는 이런 이유가 있는 것이다. 전근을 와서 엉겁결에 공석이었던 자리를 덤터기 쓴 장 부장이 꽤 정신없는 하루를 보낼 것이 분명했기 때문에 그가 조금 안쓰러워졌다.

-저기 우리….

장 부장이 우리를 향해 입을 뗐을 때 나는 갓 발령을 받아 2월을 어리둥절하게 보내고 있는 신규 재원을 대신해 나라도 저 바쁜 사람을 도와야 한다는 선의로 허리를 곧추세우며 장 부장의 얼굴을 응시했다.

-점심은 뭐 먹으러 갈까요?

오전 8시를 겨우 넘긴 시간에 오늘 내로 처리해야 할 업무를 눈앞에 산적해 놓고 점심때 먹을 메뉴를 생각하는 여유로움을 어떻게 받아들여야 할지 난감했다. 그가 호기롭게 드러내는 여유가 장부의 호방한 기상에 근거하고 있는 것일까. 아니면 닥치면 어찌 되든 굴러간다는 무대책주의자의 현실 도피일까. 간장 종지만 한 내 깜냥으로는 그의 심중을 헤아리기 힘들었다.

그 와중에도 나는 아무거나 괜찮다는 한심한 말로 첫날부터 그에게 무색무취의 인간이라는 인상을 주고 싶지 않았다. 나는 우리 모두가 만족할 만한 인근 식당 리스트들을 빠르게 머리로 돌려 보았다. 그러나 장 부장은 내 대답을 기다리지 않았다.

-오는 길에 보니 학교 건너편에 물메기탕 집이 있던데 어때요? 혹시 못 먹는 사람 있나요?

무엇을 먹겠냐는 말보다 무엇을 먹자고 말하는 사람이 좋았으므로 그가 악수를 할 때 저질렀던 무례는 잊어주기로 했다. 재원이 대답을 미루고 나를 쳐다보았다. 재원은 내가 괜찮다고 하자 그제야 자신도 가리는 것 없이 잘 먹는다며, 아침 댓바람부터 진행된 점심 메뉴 선정에 순순히 동의했다.

교실 의자에 앉아 업무를 처리한 지 얼마 지나지도 않아 장 부장은 점심을 먹으러 가자며 성화를 부렸다.

-메기가 추운 계절 제철 음식인데 날이 좀 풀리긴 했지만 아직 상태가 괜찮아요. 탕과 회무침이랑 해서 골고루 먹어봅시다. 그런데 우리 선생님들은 물곰과 물메기의 차이를 아시나요?

물곰도 모르고 물메기도 모르는데 그 차이를 아는 것은 불가능한 일이었다. 하지만 이번에도 고민할 필요는 없었다. 그의 질문은 애당초 대답을 듣기 위한 용도는 아니었다.

―어르신들 중에는 물곰탕을 먹으러 가자 이렇게 말씀하시는 분들이 있는데 물곰은 물메기의 사투리예요. 하지만 사전학적으로 보면 물곰은 바다표범이에요. 물곰 한 마리 먹었다, 엄밀하게 말하면 바다표범 한 마리 먹었다는 말이지요. 바다표범 고기 맛이 과연 어떨까요, 아마도 쫄깃쫄깃? 아하핫. 하지만 오늘 여러분들이 드실 이 물메기는 흐물흐물 살이 눈 녹듯이 사라져 버린단 말씀. 우리는 오늘 물곰탕이 아니라 물메기탕을 먹는 겁니다. 아하핫.

　내게는 그리 재미있는 이야기가 아니었다. 그래도 재미에 대한 주관적 기준을 고집하지 않는 것, 그것이 다른 사람들과 부대끼며 사는 이들이 지녀야 할 소양 중의 하나라고 여겼기 때문에 하하하 화답하여 웃음을 지었다. 그리고 그것이 다른 이들에게 작위적으로 다가가지 않길 바랐다.

　장 부장 옆에 앉은 재원은 소리 없이 보일 듯 말 듯 한 조용한 미소를 살짝 지으며 수저를 꺼내서 탁자에 깔았다. 저렇게 눈치 보며 가만히 앉아 있지만 사회생활 첫날 물메기 썰을 들은 사연을 친지들에게 피로한 눈으로 풀어댈지도 모르겠다고 생각했다. 그들은 안쓰럽고도 재밌다는 얼굴로 하소연을 받아줄 테지만 나는 재원을 측은하게 여기지 않을 작정이었다. 그 까닭은 앞으로 그가 학교에서 받아낼 무궁무진한 애정과 독보적으로 차지할 관심을 짐작했기 때문이었다.

신규 교사를 소개하는 자리에서 재원이 꾸벅 인사만 했을 뿐인데 곳곳에서 소리 없는 환호가 터졌다. 여초 사회에서 여성들이 소수인 남성에 관심을 두는 일이 희소한 것에는 눈길이 한 번이라도 더 가는 자연스러운 인지상정이라 여기자 했다. 하지만 대놓고 머리부터 발끝까지 노골적으로 훑어 내리는 다수의 눈알은 더 이상 조심스러울 게 없는 뻔뻔한 여인네들의 것과 같았다. 마치 버스에서 빈 좌석을 향해 몸이나 가방을 내던지는 중년의 여성을 마주할 때와 비슷한 민망함이 느껴졌다.

잘생겼다, 어디선가 농익은 목소리의 외침이 터져 나오자, 그의 귓불이 발갛게 물들었다. 길에서 흔히 마주치는 젊은이의 얼굴일 뿐이라고 나는 애써 폄하시켰다. 하지만 아담한 자루를 연상시키는 교감의 옆에 서 있으니 확실히 잘생겨 보이기는 했다. 키가 훌쩍 컸고 어깨가 떡 벌어진 데다가 제법 근육이 붙어 있어 근래 우리 학교에서는 보기 힘들었던 남성미라는 것을 갖추고 있었다. 그렇지, 허우대만 멀쩡해도 8할은 먹고 들어가지. 웬일인지 재원을 향한 환호를 나는 조금 질투하고 있었다.

-요 껍질이 말이에요, 젊은 사람들은 이 맛을 잘 모를 수도 있지만 사실은 이게 핵심이에요.

장 부장은 두툼한 입술로 젤 상태의 투명한 물질이 엉켜 있는 물메기 껍질을 후룩 들이켰고 자신의 뚝배기에 담긴 흐물흐물한 물메기 살점들이 깨끗하게 사라질 때까지 쉬지 않고 말을 이어 갔다.

-올해 우리가 맡을 아이들이 학교에서 악명이 높다지요. 미리 염려할 필요는 없어요. 6학년 아이들이 잔나비 띠인데 제가 딱 십이 년 전에 잔나비 띠 아이들을 만난 적이 있어요. 공교롭게도 그때 선생님들도 별나다고 손을 내저었지만 웬걸, 나랑은 아주 잘 맞더라구요. 오십을 내어주면 백으로 돌려주었던 정 많은 아이들이었어요. 나는 이번에도 느낌이 좋다고 봅니다. 우리 동 학년 선생님들도 이렇게 좋고, 아핫핫.

재원이 얼뚱한 얼굴로 나를 쳐다보길래 원숭이띠라구요, 내 부연을 듣고 그제야 고개를 끄덕이는 그는 이번에도 소리 없는 웃음을 지었다. 나는 이 두 남자와 함께 보낼 일 년의 모습이 잘 그려지지 않았다.

개학이 임박해지자 나는 학년 교육과정 편성 자료를 만드느라 며칠을 꼬박 컴퓨터 앞에 앉아 있었다. 교내 메신저로 수시로 날아드는 요청 사항들을 차례차례로 해치우다 보면 어느덧 하루가 순식간에 지나갔다. 새로운 교실에 가져다 놓은 짐들이 박스째 쌓여 있었는데 그것을 정리할 새가 없었다. 그 와중에 개학을 이틀 앞두고 교장과 교감이 학교 한 바퀴를 돌며 준비 상황을 점

검한다는 공지가 떴다.

퇴근을 훌쩍 넘긴 야심한 시각에 청소를 하고 교실 뒤판과 앞판을 꾸미는 타이틀을 붙였다. 그러고 나니 가만히 있어도 어깨와 손목이 욱신거렸다.

-진경 샘 계 탔네, 말로만 듣던 홍일점 아니야. 학교에서 이게 쉽게 있을 수 있는 일이니? 공대에선 웬만하면 공주로 먹어주는 법이지. 진경 샘이 연식은 좀 되었지만 뭐, 올해 대접 한번 잘 받아보라구.

성비의 균형이 심각하게 일그러져 있는 여초 조직에서 남자 두 명에 여자 한 명은 희귀한 성비이기는 했다. 서른일곱의 나이에 공주라는 단어를 소화하는 것은 그것이 시답지 않은 농에 불과할지라도 여간 스멀거리는 일이 아니었다. 그러나 장 부장의 면면을 모두가 알게 되면서 그런 농담마저도 더는 들리지 않게 되었다.

1

 엄마가 나를 처음 그 남자의 집으로 데리고 갔을 때 나는 지친 엄마가 드디어 제정신이 아니게 되었다고 생각했다. 내가 열세 살 때의 일이었다.
 -여기가 어딘데?
 -절.
 -어디라고?
 -절.
 어린 시절 내 꿈은 어느 점 하나 튀는 법이 없는, 평범이라는 말이 지겨워 죽겠는 보통의 사람이 되는 것이었다. 나는 또래들처럼 트렌디 드라마의 반짝이고 때깔 나는 주인공을 동경하지 않았다. 전형적 캐릭터들이 포진하여 고루한 서사가 반복되는 저녁 일일드라마에서도 주인공의 극적인 삶을 부각하기 위해 이용되는 여타 조연들의 평범한 삶, 딱 그것이 내가 원하는 것이었다.

하지만 흔해 빠진 삶을 동경하면서도 엄마와 나의 고통이 그런 것으로 취급받는 것은 견디지 못했다. 사실 가장의 폭력으로 신음하는 무력한 여성들의 이야기는 도처에 깔려 있었다. 그러나 그렇다고 하더라도 상투적 고통이란 말은 가당치가 않았다. 세상의 모든 고통은 각각 유일무이한 고유성을 지니고 있음이었다.

하여 큰아버지가 네 할머니도 그렇게 살았다며 엄마의 고통을 영화나 소설에 왕왕 나오는 그저 그러한 것으로 취급했을 때 나는 참을 수가 없었다. 그래서 근엄한 큰아버지의 얼굴에 대고 엄마와 할머니는 같은 사람이 아니라고 소리를 질러 그를 기함하게 한 적도 있었다. 큰아버지가 어떤 일들을 자신의 동생네에게서는 있을 수 있는 평범한 것이라고 여겼던 까닭은 무엇이었을까.

큰아버지에게서는 특유의 체취가 풍겼는데 만약 그가 매일 아침 같은 시간에 정독하는 조간신문을 냄새로 변환시킬 수 있다면 그것과 비슷할 것 같았다. 또 그가 지점장으로 근무하는 은행 금고 속 빳빳한 신권의 향과 교양을 가다듬기 위해 이따금씩 펼쳐보는 월간 에세이집의 내음도 그의 체취를 닮은 것들이었다.

나의 아버지는 하루에 백여 개에 달하는 공업용 산소통을 손으로 굴렸고, 올렸고, 내렸다. 여름철에 심한 땀 냄새가 났고 우락한 어깨와 부락한 팔뚝의 근육은 건강과 취미를 목적으로 가꾸어지는 것과 결이 달랐다. 만약 큰아버지가 육체노동자의 식솔들에게 어울릴 법한 삶의 모습에 대해 편견을 가지고 있었다면 옳지 않은 일이다. 그건 육체노동에 대한 모욕이기 때문이다.

명절이나 일가 누구의 결혼식 같은 데서 어른들이 주고받는 이야기 들을 종합해 보면 내 아버지는 돌아가신 할아버지를 많이 닮았다. 술을 먹으면 할머니를 못살게 굴었던 할아버지는 어느 날 성질을 부리다가 제 기운을 이기지 못하고 집에 있던 낫을 들었다고 한다. 차마 사람을 해하지 못했던 그는 기세를 그대로 거두는 것이 가장의 면이 서지 않는 일이라고 생각했는지, 그대로 할머니의 길쌈틀 위에 얌전히 앉아 있던 베를 두 동강 냈다.

그날 밤 할머니는 푸르스름한 새벽까지 길쌈틀 앞에 앉아 뎅경 잘린 베를 한 가닥 한 가닥 이어 붙였다. 깡촌의 어둡고 조그만 방에서 작고 야윈 등을 구부린 채 잔혹사의 한 꼭지를 완성했던 할머니는 할아버지와 마찬가지로 오래 살지 못했다.

큰아버지는 아빠와 마찬가지로 할머니 이야기가 나오면 불편한 얼굴이 되곤 했다. 같은 아버지 아래 자랐지만, 폭력적 성

향은 내 아버지에게만 대물림되었다. 다 함께 불행해 보자는 그런 막 나가는 생각을 한 건 아니었지만 형제의 다름이 자라는 동안 내 마음을 쓸쓸하게 만들었다.

이 절을 운영하는 분이시다, 엄마의 말은 엄숙하고 진지했다. 그리고 내 눈앞에 장발의 남자가 나타났다. 평범으로부터 한 발 더 멀어지고 마는 현실이 어지러웠다. 처음에 나는 붉은색 비닐을 씌운 허벅지 높이 협탁과 그 위에 올려진 커다랗고 둥근 거울을 무심히 보아 넘기려 애썼다. 그러나 그 앞에서 그러니깐 거울을 향해 엄마가 절을 하기 시작했을 때 참고 참았던 세 글자가 나의 뇌를 탁탁탁 두드렸다. 사. 이. 비.

괴이한 그곳을 즉시 탈출할 수도 있었다. 그러나 그때 내 머릿속에 떠오른 건 전날 내 방안 작은 서랍장에 기대어 우두커니 한참을 앉아 있던 엄마의 모습이었다. 한바탕 소동을 벌인 후 아버지는 안방에 드러누워 자고 있었다. 엄마는 울지도 않았다.

나는 그녀의 유일무이한 고통을 존중했다. 더하여 머리 긴 남자가 뉴스에 나오는 사악한 교주처럼 선량한 엄마에게서 돈이라도 뜯어내려는 수작을 부리는 것은 아닌지 감시해야 했으므로 나는 엄마가 거울에 대고 절을 하고, 남자에게서 불경에 적힌 말을 얻어듣고 일어설 때까지 수상한 그곳에 잔존 하였다. 절을 나선 엄마는 내 눈치를 봤다. 나는 어떤 말을 해야 할지 몰라 가만히 있었다. 그러자 엄마는 남자에 관한 이야기를 들려주었다.

어디서 무엇을 하던 자인지는 몰랐다. 어느 날 시장에 흘러들어온 남자가 돼지 국밥집 두 개가 나란히 붙어 있는 골목에서 새로운 가마솥을 내걸었을 때 기존 국밥집 여자들의 텃세가 말도 못 했다고 한다. 그도 그럴 것이 두 군데서 나누고 있던 손님을 웬 총각이 더 나누어 먹겠다고 덤볐으니 곱게 봐줄 리가 만무했다.

얼마 못 가 그가 나가떨어질 것이라 했다. 한 집은 부부가 다른 집은 자매가 붙들고 앉아 하루 종일 땀을 쏙 빼어가며 하는 가게를 남자 혼자서 뭘 어떻게 하겠다는 건지 얕잡아 보는 마음이 컸다. 그런데 이상한 일이었다. 손님들이 원래 있던 두 가게를 지나쳐 그의 가게로 몰려들기 시작했다.

고작해야 테이블 서너 개가 다였다. 그러나 그곳은 시장이었다. 가게에 들어가 앉아 먹는 사람보다는 봉지나 그릇에 담아 가져가는 손님이 더 많았다. 그러고 보니 나도 엄마가 포장해 온 그의 국밥을 먹어본 일이 있었다. 남자가 우려낸 돼지 국물은 누린내 없이 맛있었다. 옆집 여사님들은 남자가 우려낸 국물에 프리마 가루를 넣는다는 소문을 냈지만, 남자의 사업에 별다른 타격을 주진 못했다.

남자의 존재는 몰랐을 때지만 국밥 가게 세 개가 나란히 붙어 있던 그 골목은 내 기억 속에 강렬하게 남아 있었다. 그건 가게 입구마다 내걸린 돼지머리 때문이었다. 세 가게 모두 국밥과 더불어 머리 고기를 팔았다. 그들은 눌린 머리 고기의 신선함을 광고하려고 일부러 웃고 있는 돼지머리를 가게 입구에 놓아두었다. 한 동물의 사체 일부분을 삶은 채 공공연히 전시한 걸 보는 시각적 경험은 꽤 강렬했다. 돼지머리를 아무렇지도 않게 내놓는 사람들과 역시 아무렇지도 않게 그걸 보는 사람들이 내 눈에는 모두 이상하기만 했다.

 엄마가 변명하듯 들려주는 남자의 이야기를 찬찬히 들어 넘겼다. 그러나 엄마가 풀어가고자 하는 서사의 방향에서 비켜난 나는 무섭게 달려드는 돼지머리의 형상에 혼자 사로잡혔다. 가마솥에서 돼지머리를 꺼내던 그 손이 이제는 제단 위에 놓인 초에 불을 붙이고 경전을 넘기고 있다.

 언젠가 엄마가 시장에서 사 온 국밥 속에 들어 있던 돼지 귀의 식감이 떠올랐다. 꼬들꼬들하게 씹힌 그 부속물을 나는 잘근잘근 맛있게 씹어 먹었을 것이다. 속이 좋지 않았다. 돼지머리와 기도와 불경, 이 파괴적 배치는 나에게 소화 불량을 일으키는 무엇이 되려고 했다.

 ─돈을 벌어 가게도 사고 집도 사고 그랬지. 여기 절로 만든 이 집도 그때 산 거라고 하더라. 그런데 말이다, 장사가 그렇게 잘되는데 갑자기 종적을 감추었더란다.

나타난 것도 갑자기, 사라진 것도 그러했다. 두문불출하는 남자를 향해 발병을 했다, 아니다 여자를 얻었다, 그것도 아니다 마침내 빚쟁이한테 발각이 된 것이다. 평소 개인사에 과묵했던 남자를 두고 그렇고 그런 설들을 퍼뜨렸던 건 경쟁 국밥집 여사들이었다. 두어 달이 지나고 다시 시장에 나타난 그는 어딘가가 달라져 보였다.

뭐더라 그래, 애들 말로 아우라 같은 것이 뿜어져 나왔더랬지. 엄마와 남자의 가교가 되어주었던 자리 댁 아주머니는 그렇게 말했다. 자리 위에 쑥떡을 늘어놓고 팔아 자리 댁이라 불렸던 떡장수는 엄마의 고향 사람으로 나이는 많았지만, 몇 안 되는 엄마의 지인 중의 한 명이었다. 어째서 내 어머니의 아는 사람은 고작해야 시장 난전의 아주머니인 걸까. 그 와중에도 구청장 사모님, 로타리 클럽 임원을 아는 사람으로 둔 큰어머니가 생각났다.

엄마의 아는 사람, 자리 댁 아주머니의 난전이 바로 업종을 바꾸어 마련한 남자의 가게 옆에 있었다. 남자는 새로 얻은 섬뽀에 흰색 속옷들을 가득 쌓아놓고 팔았다. 그가 새로 마련한 가게를 구경하러 나온 국밥 여사님들의 참으로 말대로 기이한 일이었다.

-거 흰 빤쓰와 흰 메리야쓰를 산처럼 쌓아놓고 파는데 말이야, 거 참 이상도 하지. 아무것도 다를 바 없는 빤쓰와 메리야쓰

가 또 불티나게 팔리니. 가게만 열었다 하면 무슨 조화인가 모르겠네.

국밥집 시절에는 온종일 가게에 매어 살던 남자가 달라졌다. 그는 가게와 집을 수시로 오가며 지냈다. 가게에 없으면 어련히 집에 있는 것이려니 했다. 그리고 남자는 그때부터 머리를 길렀다. 한 날은 처소로 들어가기 위해 가게를 나선 남자가 웬일로 자리 댁 앞에 우뚝 서더라는 것이다.

-집으로 가보시오.

-뭐라 했소?

-떼굴떼굴 구르고 있소.

그러고는 말을 붙여볼 사이도 없이 남자는 쌩 지나가 버렸다. 집을 나설 때 파리했던 아들의 얼굴이 떠올랐다. 허둥지둥 떡 보따리를 동여매고 집으로 들어가니 과연 아들이 배를 부여잡고 남자의 말과 한 치의 어긋남 없이 떼굴떼굴 구르고 있었다는 것이다.

맹장염 수술을 마친 아들이 퇴원을 하고 나서 자리 댁은 시장으로 자신을 보러 온 엄마를 옆에 붙들어 앉히고는 누가 엿듣는 것도 아닌데 속삭였고 그 은밀함이 주는 야릇함이 엄마를 매료시켰다.

그 뒤로 한동안 일신이 편안했던 자리 댁은 남자에 대한 관심을 내려두었더랬다. 그러다 남자의 예언에 대한 갈구가 다시금 불타오르게 된 건 역시나 그녀의 아들 때문이었다. 자리 댁 일생의 가난과 거기에 더해진 아들의 질병은 누군가의 눈에는 지리멸렬한 불행의 나열이었을지도 모르겠다. 하지만 나는 안다. 지루한 고통이 지닌 침범받을 수 없는 고유성에 대해. 심심풀이 뻥튀기 같은 그렇고 그런 이야기 속에 자리 잡은, 완전무결한 결정을 닮은 아픔을 말이다.

아들이 다시 병원에 누운 지 일주일째였다. 문제가 될 소지는 없었던 지극히 평범한, 시술에 가까운 치질 수술을 받은 후였다. 몇 년 동안 화장실에서 나오는 아들의 얼굴은 매번 일그러져 있었다. 허구한 날 술 퍼마시고 돈 안 되는 그것들하고 몰려 돌아다니니 그 꼴이지, 숙원사업을 위해 집을 나서는 아들의 뒤통수에 대고 무심결에 쏘아붙였던 자리 댁이었다.

수술 후 아들은 푹푹 찌는 날씨에도 침대 위에서 이불을 감싸 쥐고 부들부들 떨었다. 의사가 몇 번 들락거리더니 백혈구 수치가 급감했다며 병원을 옮기라고 했다. 큰 병원의 의사는 자리 댁에게 수술 후 감염과 그것이 급속히 악화하는 경우와 확률에 대해 조곤조곤 설명해 주었다. 하지만 왜 하필 그녀의 아들이 그 희박한 확률에 당첨되었는지 의사의 논리는 그녀에게 빈약하기 짝이 없었다. 납득이 가능한 좀 더 분명한 이유가 필요했다.

속옷 가게의 문은 닫혀 있었고 자리 댁은 남자가 살고 있다는 시장 어귀의 집을 찾아 들어갔다. 대문과 현관은 차례로 열려 있었다. 촛불이 양쪽으로 타오르고 있는 공간에서 남자는 조용히 경을 읽고 있었다. 자리 댁이 들어가자 읽던 책을 탁, 하는 소리가 나게 덮고 남자는 아무 말 없이 방문객을 뚫어지게 바라보았다. 별다른 감정이 실리지 않은 눈빛이 더 날카롭게 다가왔다. 자리 댁의 어깨가 움츠러들었다. 주절주절 두서없는 말을 쏟아냈다. 이야기를 다 듣고도 한동안 아무 말이 없던 남자가 드디어 입을 열었다.

-아랫물이 맑아지려면 어째야 하오?

자리 댁은 침을 꿀꺽 삼키는 소리를 내지 않고 말을 하려 애썼다.

-아랫물이 맑을 라믄… 윗물이 맑아야 되지요.

-아들이 아랫물이면 윗물은 누구요?

-… 아이고 어쩌면 되겠습니까.

-윗물을 맑게 해야지요.

말 잘 듣는 학생같이 고분고분 대답을 이어 나가는 자리 댁의 콧잔등에는 식은땀이 살짝 배어 나왔다. 자리 댁은 가까스로 남자의 시선을 받아냈다.

작은 도시에서 가장 큰 병원의 중환자실 앞에 기이한 광경이

펼쳐졌다. 드문드문 드나드는 사람을 제외하면 원래가 적막하고 무거운 공기가 감도는 곳이었다. 때는 이른 새벽이었다. 한 중년의 여자가 나타났다. 그러더니 중환자실 입구 쪽을 향해 절을 하기 시작했다. 격렬한 기세로. 자리 댁의 상체는 거침없이 아래로 쑥 내려갔다. 그리고 그 반동에 의해 다시 퉁겨져 올라왔다 싶으면 어느새 다시 아래로 쑥 내려가고 없었다. 밀린 숙제를 한꺼번에 몰아서 허겁지겁하는 듯 절은 과격하다는 느낌마저 자아냈다.

－사람이 때가 묻으면 어쨰야 하오?

－씻어내야 되지요.

－씻어낸들 때는 또 생기오. 어째야 하오?

－… 매일… 거시기… 매일 씻어내야지요.

－불상이 앉은 데만 절이 아니오. 내 모습을 비출 수 있는 곳이라면 아무래도 좋소.

자리 댁의 이마에는 송골송골 땀방울이 맺혔다. 무릎을 꿇고 이마를 바닥 가까이 붙이고 양손을 하늘로 향해 들어 올렸다. 중환자실에 들어가려던 간호사 한 명이 자리 댁의 리드미컬한 동작을 보고 움찔거리며 멈추어 섰다. "보호자 분, 여기서 이러시면 안 됩니다."라는 말은 기세에 눌린 간호사의 목구멍에서 빠져나오지 못했다. 자리 댁의 등에서 조그맣게 시작한 땀자국은 커다란 얼룩처럼 점점 더 크게 번져갔다. 백둘, 백셋. 백여섯, 백일

곱, 그리고 백여덟.

가슴팍이 오르락내리락, 거센 숨소리가 흘러나왔고 이마에서 흐른 땀방울이 턱 아래에 맺혀 동그랗게 커지다가 빗방울처럼 병원 바닥으로 떨어졌다. 용수철처럼 튀어 오르며 퍼드득거리던 자리 댁의 상체가 멈추었다.

쌓인 때를 맹렬히 벗겨내어서일까, 아들은 희박한 생존 가능성을 뒤엎고 병상에서 일어났다. 자리 댁 아주머니가 용케도 비껴간 불행은 그럴 뻔했다는 가정만으로도 몇몇 사람들에게 강렬한 흔적을 남겼다.

자리 댁과 엄마의 믿음은 두터워졌다. 자리 댁처럼 부지불식간에 혼꾸멍 나는 일이 없도록, 때가 쌓이기 전에 미리미리 엄마는 매일 같이 자신의 때를 비추는 거울을 향해 절을 하고 경을 읽기 시작했다.

이야기를 마친 엄마는 사뭇 경건했다. 나는 웃음이 피식 나오려고 했다.

―엄마, 딱이네.

―뭐가.

―대나무만 꽂으면.

―아니, 이, 이게 무슨 소리야.

별 불경한 소리를 다 듣겠다는 듯 대경실색했다.

-빨리 따라 해, 입으로 지은 죄를 지금 모두 참회합니다. 얼른!

엄마는 매섭게 다그쳤다. 입으로 지은 죄를 지금 모두 참회합니다, 나는 엄마가 시키는 말을 세 번 따라 했다. 내가 수긋해져 엄마의 명령을 이행한 이유는 믿거나 말거나, 장발 남자의 신비로운 능력이 내 눈앞에 있는 이 불행한 여인의 삶에 어떤 변화를 가져다줄지 모른다는 일말의 기대감 때문이었다.

오가는 행인의 눈길을 필사적으로 잡아채는 곳, 욕망이 노골적이어야 하는 그곳 시장에 남자의 이야기가 퍼졌다. 그의 집에 국밥집 여사님들을 비롯하여 사람들이 모여들기 시작했다. 그들이 물어보는 것은 가게를 늘리는 법, 늘린 가게를 지키는 법, 가게에서 창출된 수익으로 또 다른 수익을 창출할 수 있는 방법이었다.

-뭐시기 콧대가 그리 높아.

-누가 어디 꽁으로 봐달라나, 거만하기가 짝이 없구먼.

-아깝네, 막 내렸을 때 영빨이 제일 좋은 법인데.

상인들 열에 아홉은 나처럼 그의 집을 대나무를 꽂아야 하는 곳으로밖에 여기지 않았다.

얼마 후 남자가 거주하는 집 현관에는 다음과 같은 글이 붙었다.

물어보려고 오신 분은 되돌아가시고,
깨닫고자 하는 분은 들어오십시오.

시간은 흘렀고 북적이던 남자의 집은 원래의 한산함을 되찾게 되었다.

왜 하필이면 흰색 속옷이었을까. 나는 가마솥에서 펄펄 끓었을 뽀얀 육수와 가게 문을 지키고 있던 삶긴 돼지의 하얀 얼굴이 흰색 속옷으로 대체된 연유를 짐작해 보고자 했다. 새하얀 속옷이 주는 깨끗함이 매일 같이 참회하여 얻게 된 청정함을 은유한다면, 그것이 장발 남자의 의도였다면 그건 너무 직관적이고 유치한 발상이 아닌가.

남자가 집에서 기도하느라 드문드문 가게 문을 닫아놓아도 무슨 조화인지 가게는 여전히 잘 되었다. 시간은 어김없이 흘렀고 흰 빤스와 메리야쓰만 냅다 쌓아두던 가게에는 알록달록 남녀의 옷가지들도 나타나 판매 물품은 꽤 다채로워졌다. 가게와 집을 오가며 남자는 바쁘게 지냈다. 그리고 엄마는 남자가 절이라 칭하는 그의 집에 꾸준히 다녔다. 엄마는 자신이 물어보고자 하는 사람이 아니라고 했다. 엄마는 자칭, 타칭 깨닫고자 하는 자였다.

1

 장 부장은 교무와 교감의 애간장을 태우다가 마침내 수학여행 계획을 결재 올렸다. 금요일까지 제출하라고 하면 빠르게 손을 움직여 수요일에 완료 지어버리는 사람들이 다수를 차지하는 학교였다. 그러나 새로 부임한 6학년 부장은 금요일까지 내야 할 서류를, 기한을 훌쩍 넘겨 그다음 수요일에 제출해 버림으로써 모두에게 자신의 존재감을 각인시켰다.

 -뭐가 그렇게 걱정들인지. 수학여행을 못 가게 된 것도 아니고. 문제 될 게 있어요? 아니요, 하나도 없어요. 우리 미리부터 사서 걱정은 하지 맙시다. 쫄 것 없어요, 전혀. 그런데 우리 선생

님들은 미더덕과 오만둥이의 차이를 아시나요?

그는 빨갛게 버무려진 콩나물과 아귀 살점 사이에서 홈런볼을 작게 축소한 모양의 것을 젓가락으로 쏙 집어 올렸다. 역시나 대답을 기다리지 않았고, 바로 오만둥이 썰을 풀어냈다.

나는 그것을 들었다. 그토록 지루할 수 있다는 게 오히려 신기하여 묵묵히 집중했다. 그리고 어느 우주에 존재하고 있었으나 내가 미처 알지 못했던, 허나 엄연히 아귀찜 대접 안에서 실존하고 있던 오만둥이와 그렇게 조우했다. 나는 재원을 힐끔 쳐다보았다. 지친 기색은 보이지 않는 안온한 눈이었다.

-거, 학년 부장 교실이 너무하던데. 진경 샘, 어? 장 부장 교실 말이야, 어떻게 생각해?

어떻게 생각하냐는 교감의 말이 어떻게 해보라는 소리로 들리는 걸 보면 내가 조직의 물을 꽁으로 먹은 건 아닌가 보다 생각했다. 똑똑, 나는 장 부장 반의 문을 두드렸다.

재원마저 제 교실을 청소하고 어설프게나마 빈 게시판에 뭐라도 붙이고 있는 판국에 장 부장은 아직도 박스를 뜯지 않았다. 간혹 자신의 교실 정리를 후배들에게 전가하는 사람이 있기는 했다. 만약 내가 호의를 내밀었을 때 덥석 그렇게 해줄렵니까, 반색하면 장 부장이 얄미워질 것 같았다. 그래도 교장, 교감이 6학년 팀워크에 대해 학년 초부터 의구심을 품는 것보다는 그 편이 나왔다.

 나는 내 교실이 다른 교실에 비해 아름답지 않다는 자괴감이 들 때마다 교사의 본분이 교실을 꾸미는 것에 있는 것이 아니라고 여기며 남들보다 정교하지 못한 내 손재주를 애써 합리화해 왔다. 교실마다 뒤에 있는 넓고 텅 빈 녹색 판은 공평하게 주어졌지만, 누구의 손길이 닿는가에 따라 천차만별로 변신했다.

 잘 꾸며진 교실은 내 교실과는 달랐다. 봄이 당도하기 전인데도 벌써 녹색 판에는 나비가 날아다니고 벚꽃이 피었다. 그런 교실은 가을이 되면 코스모스가 만개했고 겨울이면 입체 눈송이가 하늘하늘 휘날렸다. 사시사철 똑같은 것을 붙여놓고 버티는 나는 감히 넘볼 수 없는 수준이었는데, 엄밀히 말하면 넘보고 싶지 않은 마음이 더 컸다. 새로운 것을 들이는 것보다 있는 것을 정리하는 것이 내가 환경을 정비하는 방식이었다. 나는 내 공간에 묵은 쓰레기가 없도록 교실 곳곳에 내려앉은 먼지를 날마다 제거했다. 어떻게 보면 장 부장 교실에 난적한 문제를 해결할 적임자는 바로 나였을 지도 모르겠다.

 ─부장님, 솜씨는 없지만 제가 도와드릴 수 있을 것 같아요.

 ─진경 샘, 혹시 중학교 교실 가본 적 있어요? 거기는 여기처럼 안 그래요. 6학년이면 반 중학생 아닙니까. 나는 내 교실을 내 나름대로 정리할 거니깐 우리 진경 샘은 전혀 걱정 않으셔도 됩

니다. 아하핫.

　-부장님, 금방 할 수 있어요. 제가 좀 봐드릴….

　-진경 씨! 괜찮습니다.

　장 부장은 거절했다. 출력물과 공문들이 어지러이 포개져 더미를 이루고 있는 옆으로 쓰레기통이 입을 벌리고 있었다. 그 속에는 캔 커피, 생수병, 서류 봉투가 한데 섞여 있었다. 그는 그 상태로 개학을 맞이했고 새로운 교실에 들어선 아이들은 그의 청결 상태에 관해서는 관심이 없었기 때문에 장 부장의 말대로 어쨌든 괜찮았다.

　그러나 장 부장이 교내 모지리로 전락하는 데는 그리 긴 시간이 필요치 않았다. 동료 장학이 끝난 후 교장은 교내 메신저로 전체 메시지를 보냈는데 그것은 선생님들의 진지한 연구 태도를 볼 수 있어서 좋았다는 의례적인 인사로 시작했다. 그러나 발신의 목적은 그럼에도 불구하고 지도안 작성에 몇 가지 아쉬움을 느꼈다는 소회를 전달하는 것이었다.

　교장은 잘된 예와 못된 예, 두 개의 지도안을 첨부파일로 날렸다. 수업자의 이름은 지웠다고 하나 직원들은 그 두 개가 각각 누구의 것인지 금방 알아챘다. 잘된 예로 간택된 것은 교무부장의 것, 그에 대한 비교군은 장 부장의 것이었다. 나는 자연히 장 부장의 눈치를 살피게 되었다. 그러나 오늘의 식단을 읊조리며 개선장군처럼 당당한 기세로 널찍한 배를 내밀며 식당으로 걸어가는 그는 컨디션 이상 무였다.

지도안만 문제가 된 것이 아니었다. 장 부장이 올린 결재 서류에는 허점이 많았다. 작게는 날짜가 틀렸고 크게는 지출 품의서 숫자에 0이 하나 빠지거나 더해졌든지 했다. 첨부해야 할 파일을 잊고 알맹이 없는 빈 메시지만 보내기도 일쑤였다. 수없이 많은 시행착오를 겪으며 오류를 개선해 나가는 선량한 동료들과는 달리 장 부장은 그런 의지를 보이지 않았다.

그러자 그가 어김없이 실수를 저지르면 교무, 교감, 교장, 행정실 직원, 그보다 까마득하게 어린 후배들까지 기다렸다는 듯 당신이 이번에 저지른 잘못은 이러이러한 것이라고, 냉큼 피드백을 주었다.

사정이 그러해지는 바람에 내 일은 더 늘었다. 급한 업무 연락이 그를 거르고 바로 나에게 올 때가 있었고, 나는 그를 대신해 학년 자료를 정리하여 제출했다. 부장이 넘겨준 문서에서 오탈자를 찾아 바로잡는 것도 내 몫이었다. 조직은 그를 품어주지 않았다. 장 부장은 동 학년인 우리에게 그랬듯 기회가 닿으면 누구에게라도 다식한 썰을 풀어댔는데 나와 재원과는 달리 그들은 심드렁한 얼굴을 감추려는 노력을 전혀 보이지 않았다.

확연히 보이는 학교 사람들의 명백한 무시와 경멸을 느끼지 못할 리가 없었다. 하지만 그는 세상 속 편한 사람으로 저녁에는 무엇을 먹을까 진지하게 고민했고 학교 안에서 누구라도 만나게 되면 부릉부릉 입에 시동을 걸며 반갑게 다가갔다. 상대를 막론하고 수많은 말을 쏟아냈기 때문에 그 맥락 없는 이야기 속에서 어떤 징조를 찾아내는 사람은 아무도 없었다. 적어도 처음에는 그랬다.

어느 늦은 오후 교무실에서 장 부장에게 걸린 교무는 또 들으나 마나 한 이야기가 쏟아지겠거니 체념했다 한다. 평소에 교무는 많은 일을 했다. 일 잘하고 반듯한 사내인 교무는 그가 수발을 드는 교장, 교감보다 공문을 해석하고 처리하는 능력이 훨씬 뛰어났고, 따라서 웬만한 학교 일은 그에게 넘겨졌다. 그날 교무의 얼굴이 이따금 가라앉아 보인 것을 눈치챈 사람은 거의 없었다. 있었다 하더라도 그저 쏟아지는 일들에 지쳤을 것이라 대수롭지 않게 여겼을 것이다.

장 부장의 말은 주제 없이 이곳저곳을 배회했다. 금리가 오르니 물가가 오르겠다는, 아니 물가가 오르니 금리를 올려야 한다고 물가와 금리의 뻔한 상관관계에 관해 이야기하는가 싶더니 불현듯 간헐적 단식으로 십 킬로를 감량한 지인의 이야기를 한참 늘어놓다가, 어느새 교장 선생님이 자주 입고 나타나는 어느 등산복 브랜드의 디자인 품평을 하고 있었다. 언제까지 이러고 있어야 하나 짜증의 농도가 짙어질 무렵 마침내 학교에서의 첫 예언이 시작되었다.

 -교무 선생님, 나는 말이죠. 이렇게 고개를 들어보면 둥둥 떠다니는 것들이 보여요. 사람들이 이루고 싶어 하는 것, 이룰 수 없는 것, 이루어 내고야 마는 것들이 유령처럼 부유하고 있어요. 그걸 우리는 욕망이라고 부르지요. 음, 우리가 미리 알고 있다면, 그러니깐 용을 써도 끝내 가질 수 없다는 것을 안다면 우리네 인생살이가, 엠. 쓸데없는 데로 에너지를 분산시키지 않는다는 점에서 좀 낫지 않겠습니까?

 이때 교무는 무슨 수작인가 더할 수 없는 피로를 느꼈다.

 -사지 마세요, 갖고 있으면 동티 날 겁니다.

 5초 정도의 침묵이 흐른 후 교무의 팔뚝에서 무수한 닭살이 일제히 솟구쳤다. 아내도 모르는 일이었다. 은퇴 후 효자 노릇 톡톡히 할 것이 분명하니 자신이 주선하는 오피스텔 분양권 두 개를 영끌해서 잡아두라는 삼십 년 지기 고교 동창의 말이 하루 종일 머릿속을 헤집고 다닌 마당이었다.

 장 부장은 대뜸 교무에게 에너지를 집중해야 할 곳, 그의 욕망이 머물러도 되는 데가 거기는 아니라 하였다. 관운은 좋지만 재복은 기대하지 않는 것이 좋겠다고 한, 어릴 적 그의 어머니가 점집에서 들어 전해준 이야기가 교무의 머릿속에 송연하게 떠올랐다.

예언을 들은 교무는 동창의 제안을 거절했다. 그리고 얼마 뒤 장 부장의 예언은 실현되었다. 시공사의 부도로 반쯤 지어진 오피스텔이 더 이상 올라가지 못하고 흉물스럽게 방치되기 시작했던 것이다. 교무의 후일담이 학교 곳곳으로 퍼져나갔다. 그리고 모지리 장 부장에 대한 사람들의 대접은 새로운 국면을 맞게 되었다. 장 부장의 교실로 스멀스멀 사람들이 모여들었다.

장 부장은 평소와 다름없었다. 여전히 느긋하고 항시 먹을 것을 밝혔다. 단지 하나 더, 일 잘하는 사람들이 점잖게 지니고 있던 욕망의 덮개를 까꿍 능글맞게 걷어내기 시작했다.

I

 소도시 사이를 잇는 도시철도의 객차는 출근길 지하철처럼 사람으로 빼곡히 들어차는 일이 드물었으므로 맞은편에 앉은 이들의 소리는 객차 안에 고루 퍼졌다. 나는 무선 이어폰을 꽂거나 자리에 앉자마자 스마트폰을 보다가 내리는 역에 당도했을 때야 고개를 드는 여느 사람들과는 달리 고개를 빳빳이 세우고 바깥 풍경을 응시하고 있었다. 배, 비행기, 기차 등을 망라하여 탈 것에 몸을 실으면 찾아오는 어지럼 증상 때문이었다. 멍하니 정신줄을 놓고 있으면 그나마 오래 버틸 수 있어서 여느 때처럼 시선을 건너편 창 너머로 던지고 무심히 앉아 있으려니 맞은 편에서 들리는 소리가 날카롭게 날아들었다. 자연히 그들의 대화에 신경이 집중되었다.

―늙은 여자가 끼를 부리는 것이 가관이야.

―어제는 범고래를 신고 왔더라.

―용쓰네, 어려 보이려고. 그게 지나간 유행이라는 걸 모르는 게 더 서글프다.

―보고 있으면 플러팅이 아주 걸쭉해. 거기에도 연식이 덕지덕지 붙은 모양이야.

고른 연령이 이용하는 객차 안에서 누군가의 나이에 초점을 두고 공격을 가하는 그들은 무신경이 젊음의 특권이라고 여기는 듯 보였다. 아침 출근길부터 누군가에게 욕을 먹고 있는 이름 모를 그 늙은 여인이 부당한 처우를 받고 있다는 생각이 드는 것도 잠시였다. 나는 혹시 서른일곱에 가당하지 않은 착장품이 있는 건 아닐지 염려하며 내 몸을 훑어보았다. 미색의 무지 티셔츠와 검정 바지는 이렇다 할 곡선이 없는 몸 위에서 단조로운 선으로 연결되어 있었다. 컨버스 운동화는 걷기에 편해서 선택한 것일 뿐 나이가 어리다 할 수 없는 유명인들도 자주 애용하는 아이템이고 보니 누군가의 범고래처럼 불순한 의도를 품었을 리가 없다.

나는 문득 어려 보이려고 부단히 노력 중이라는 그 여인의 나이가 궁금했다. 맞은편의 저 두 사람은 아마도 스물대여섯 정도,

그들이 생각하는 젊음의 커트 라인은 어디일까. 하차할 때 맞은편 그녀들을 스쳐 지나갔다. 나이는 어디로 쳐드셨는지, 열린 문이 도로 닫힐 때까지도 원색적인 그녀들의 공격은 멈추지 않았다.

누군가에게 환영받고 싶다면 드문드문, 잊을만하면 한 번씩이어야 한다. 학교에서 수시로 나누어 주는 가정통신문을 눈여겨보는 아이들은 드물었다. 등하굣길 안전 수칙, 학교폭력 예방을 위한 소식지, 교육정책 모니터링 설문조사 안내, 오전에 나누어 준 것만 해도 이미 세 장이었다. 내보내는 이들에게는 중차대한 소식지이건만 홀대 속에 바로 가방에 쑤셔 박히거나 아니면 아예 바로 바닥으로 굴러떨어지는 수난을 당하는 종이도 있었다. 하지만 한 달에 한 번 배부되는 급식 안내문은 대접이 달랐다.

-치즈불닭, 허니버터감자튀김, 오, 예!

맨 앞줄에 앉아 있는 덕분에 정보를 빨리 입수한 아이가 다음 달 메뉴 중에서 눈에 들어오는 몇 가지를 얼른 찾아 읊으면 뒤로 그 뒤로 통신문을 넘기는 손놀림이 빨라졌다.

-다음 주 수요일 짜장면.

-모레는 맛없는 거.

-이거 이름이 왜 이래, 몬테크리스토샌드위치는 뭔데?

여기저기서 메뉴에 대한 짧은 소회가 몇 마디씩 나와야 배부는 끝이 난 것이다.

식당에 가면 아이들은 내 식판을 흘낏거렸다. 매운 양념이 맛깔스럽게 버무려진 떡볶이나 가장 큰 것을 고르기 위해 한참을 노려보고 있는 고소한 닭튀김, 혀가 얼얼해질 정도로 달달한 초코브라우니를 왜 가져가지 않는지 아이들은 나에게 묻지 않았다. 급식 시간이 되면 언제나 별 볼 일 없는 반찬만 조금씩 담아 가는 나는 그들에게 먹는 것에 그다지 관심이 없는 특이한 어른일 뿐이었다.

어리든 나이가 들었든, 학교 안 사람들은 타인을 몇 개의 단서로만 거칠게 분류하거나 규정짓곤 했다. 학교가 처음 개교할 무렵인 십수 년 전, 사람들 사이에서 자주 입에 오르내리는 사람이 있었다. 누구는 그가 특별하다고 또 어떤 이는 특이하다고 했다. 그는 아이들이 집으로 돌아가고 나면 고요해진 자신의 공간을 드립커피의 향과 재즈의 선율로 가득 채웠다. 하루에도 몇 번씩 믹스커피를 종이컵에 탁 털어 넣고 후루룩 들이키며 당을 충전하고, 분기별로 한두 번씩 가는 노래방에서 뽑는 몇 개의 가락이 삶에서 향유 하는 음악의 전부였던 오래전 이곳 사람들의 눈에 그는 참 고상하기 그지없는 사람이었다.

모두들 고개를 아래로 떨어뜨리고만 있던 직원회의 시간에 주저 없이 일어나 묵직한 음성으로 교감의 말에 제동을 거는 그의 행동에 대해서는 꽤 용감하고 정의로웠다는 평가가 쏟아지기도 했다. 그러던 어느 날 그의 은밀한 취미가 사설 경마 도박이었다는 사실이 알려졌다. 사람들은 고상한 그의 취향에 대해 그간 속으로 각자 조금씩 숨겨왔던 작은 이물감을 두세 배로 키운 다음 서로를 향해 뱉어냈다.

그렇게 공유된 감정은 몇십 배의 크기로 자라나서 아직 그를 향한 동경을 미약하게나마 품고 있던 사람들까지 적대감을 가지도록 부추겼다. 타 교육청 관할의 외지로 강제 전근을 가고 난 뒤 그가 학교에 남긴 것은 발칙하게도 앞과 뒤가 달랐고, 매우 불안한 영혼을 가진 위험한 사람이었다는 단순한 이미지밖에 없었다. 학교 안에서 사람을 단편적으로 바라보는 데 있어 어디 나라고 별 수 있겠는가. 나 역시 현 선생을 불안한 영혼을 가진 위험한 사람, 딱 그만큼으로 여기고 있었다.

현 선생이 나를 음악실로 데려가서 홍차 티백을 선물할 때만 해도 자기가 나에게 지은 죄가 있으니 그럴 수 있다고 여겼다. 마셔보고 싶었으나 한 팩에 몇만 원을 치를 엄두가 나지 않았던 외국 브랜드 제품이었기 때문에 그녀가 나에게 준 굴욕은 잊어주기로, 됐다 이걸로 통치자 했다. 하지만 그 뒤로도 현 선생은 틈이 날 때마다 나를 낚아채듯 자신의 공간으로 잡아끌었다.

현 선생이 학교에서 구축한 캐릭터가 워낙 강렬했기 때문에 나는 그녀와의 교류가 부담스러웠다. 행여나 다른 사람들 눈에 우리가 친밀한 사이로 비칠까 하는 염려가 일었다. 나만 알고 있는 우리들의 공통 분모 때문이라도 나는 그녀와 가까이 지낼 수 없었다. 타인들에게 그녀와 내가 같은 범주로 묶이는 일이 없었으면 했다.

　-요렇게 문질러 주면 끝. 어때요? 우리 나이에는 이제 이런 걸 발라줘야 하거든요.

　여덟 개를 구입했다고 하였다. 홈쇼핑은 왕창 사서 나누어 쓰는 맛에 하는 것이라며 내일 내 것을 하나 가져다주겠으니 써보라고도 했다. 세럼을 고체 형태로 굳힌 스틱을 가지고 다니며 수시로 발라야 한단다. 그 상품을 소개하는 방송이라면 나도 본 적이 있다. 세럼 스틱이 지나간 쇼호스트의 얼굴에는 광이 서렸다.

　-사십 대는 말할 것도 없고 이삼십 대부터 늦기 전에 관리를 해주셔야 해요.

　현 선생의 말투는 텔레비전 속 그 여인의 것과 닮았다. 쇼호스트와 맞먹는 높은 텐션은 그녀가 전담으로 맡고 있는 음악 교과에는 적합했다.

　우리 반 아이들은 현 선생의 음악 시간을 좋아했다. 음악 시간에 대한 호응도를 올리는 데는 현 선생이 지프차에 앉은 미군 마냥 뿌려대는 벨기에산 초콜릿이 주는 영향력도 컸다. 일부 담임교사들은 현 선생이 고가의 초콜릿을 뿌리는 통에 아이들 입

맛만 버려놓았다고, 과일 맛 종합 캔디 한 개로도 충분히 꼬셔냈던 아이들인데 이제는 맘먹고 건넨 츄파춥스에도 미적지근한 반응을 보이더라며 투덜댔다. 그렇지만 어디 요즘 아이들이 먹을 걸로만 꾀어낼 수 있을 만큼 만만하던가.

-음악 샘 정말 대단해요, 유튜브에 올리고 싶어요.

아이들은 현 선생의 열정적인 퍼포먼스에 감탄을 금치 못했다. 그녀의 장구 연주는 자진모리에서 휘모리 그리고 그 너머 미궁의 신명 속으로 폭풍처럼 휘몰아쳐 들어갔다.

쿵 따따 쿵 덕, 쿵 따따 쿵 덕 쿵덕쿵 쿵덕 쿵덕 쿵덕-.

궁채를 거머쥔 겨드랑이 아래서 폭발하듯 홍이 터졌고 그곳이 음악실인지 아니면 어느 시골의 장터 품바 쇼장인지 아이들은 학교에서 겪어보지 못한 생경한 장면에 정신을 쏙 빼놓고 빨려 들어갔다. 그러면 내 교실로 돌아와서도 한참 동안 여운에서 헤어나지 못했다.

현 선생은 나만 보면 매번 자신이 체력이 약해 이만저만 힘든 게 아니라고 했지만, 말과는 달리 기운이 넘쳤다. 그저 나만 보면 습관처럼 나오는 말이 힘들다는 것이다. 그녀는 끈질기게 자신과 나를 우리라는 말로 함께 엮었다.

-나는 말이에요, 오늘 아침에도 일어나야지, 이제는 일어나야지, 염불을 외웠는데 몸이 말을 안 들어. 마른걸레를 비틀어

쥐어짜듯이 겨우 몸을 일으킨다니깐요. 우리 진경 씨도 그렇지?

현 선생은 세럼 스틱을 구찌 미니 핸드백에 쏙 집어넣으며 이야기를 이어갔다.

-진경 씨는 요새 어떤 거 챙겨 먹어? 영양제 말이야. 아르기닌 알아? 그거 효과가 괜찮아. 먹은 날은 좀 다르더라구.

나는 당신과 다르다고, 당신이 말하는 우리가 매사에 꼭 그렇게 같을 필요가 있겠냐며 선을 긋고 빠져나오고 싶었지만, 오늘 아침에 일어나자마자 입 속으로 털어놓은 오메가3와 콜라겐 그리고 종합비타민과 유산균이 생각나 그만 씁쓸해졌다.

-젊은 것들은 몰라. 겉보기에는 멀쩡하게 돌아다니는 것처럼 보여도 우리가 얼마나 골골한 지, 비 오면 비가 와서 바람 불면 바람이 불어서. 예민과 피로는 정비례 관계야, 진경 씨는 안 그래?

그렇지 않다고 말하고 싶었다. 현 선생이 묶는 서른일곱의 우리에서 달아나고 싶어도 둘 다 미혼이라는 점에서 서른일곱의 교내 표준의 삶에 함께 벗어나 있는 처지였고, 그래서 벗어나려는 발버둥이 무력하게 느껴졌다. 게다가 신체 능력이나 세포의 퇴화로 우리를 달리 규정지어야 한다면 현 선생과 나는 확실히 교내 젊은이 무리와 달랐다.

-전자칠판이 들어오고 앞으로 종이 교과서도 없어진다는 이 마당에 이놈의 만국기는 왜 없어지지 않는 거야.

봄맞이 운동회 전날 운동장에서 늘어놓는 누군가의 푸념을 들으며 나는 그쯤 하나는 없어지지 않고 남았으면 했다. 옛날의 것들이 예전부터 있어 왔다는 이유로 학교에서 황급히 없어지는 광경을 목도하고 있노라면 나는 살짝 멀미가 났다. 나이 든 것들이 받는 푸대접은 앞으로 나이가 들어갈 이에게는 썩 반갑지 않았다.

-지금 운동회는 운동회도 아니지. 내가 막 발령을 받았을 때는 말이야, 거 참 대단했지. 학년별로 두 달을 꼬박 연습했는데 그때는 뭐 지금처럼 동영상이나 있었나? 운동장에서 생목을 질러가며 줄 세우고 대형 바꾸고. 그래도 그때는 애들이 말을 잘 들었어요, 호드득 닭 떼 내치듯, 꽥 지르면 후두두 이리 저리로 잘도 움직였지.

원로 교사가 풀어놓는 썰에 묵은 기억 속 꽃분홍 부채가 아련히 펄럭였다.

초등학교 6학년 때 내 담임은 정말로 호드득 닭 떼를 내치듯 했다. 금테를 쓴 중년의 여자 선생님은 아동 환경 조사를 한다며 아이들이 사는 집을 자가, 전세, 월세로 나누어 자신이 어디에 속하는지 손을 들게 했다. 나는 붉어진 얼굴로 월세에 손을 들 만큼 순수하고도 정직했다.

나의 선생님께서는 화이트칼라와 블루칼라는 데리고 사는

여자의 얼굴마저 차이가 난다는 둥 평소에도 자신의 소신을 표현하는데 막힘이 없었다. 그 말을 듣고 나는 곰곰이 생각했다. 큰아버지가 데리고 사는 여자인 큰어머니는 쌍꺼풀이 또렷한 큰 눈을 가지고 있었다. 그 아래 약간 드리운 음영이 고혹적인 매력을 발산했고 어딘가 항상 주눅이 들었던 엄마와는 달리 누구 앞에서나 당당했기에 나는 역시나 선생님의 말씀은 모조리 옳구나 여겼다.

운동회 연습을 하기 위해 운동장에 나가는 날이면 선생님께서는 어디서 구했는지 자신의 키만 한 나무 봉을 들고나왔다. 줄에서 조금이라도 나오거나 얼빠지게 혼자서 다른 동작을 하는 아이를 귀신같이 찾아서 등이나 종아리에 그 봉을 휘둘렀기에 운동장에 나가면 언제나 초긴장 상태가 되곤 했다.

학교 앞 문구점에서 파는 꽃분홍 부채는 그렇게 저렴한 가격은 아니었는데도 힘을 주어 획 휘두르면 부챗살과 깃털이 힘없이 천에서 떨어졌다. 하지만 선생님께서는 매를 들고 대형을 진두지휘하며 "절도 있게.", "크게 크게 휘두르란 말이다."라고 쉼없이 소리쳤다. 그녀의 서슬에 힘을 잔뜩 주어 팔을 휘두르면 인조 깃털이 속절없이 빠져서 눈처럼 날렸다.

펴 든 부채를 나란히 붙이고 동그랗게 서서 천천히 돌아가는 꽃 모양을 만들 때는 곡선에 누가 되지 않도록 신중에 신중을 기해야 했다. 한낮의 태양은 강렬했다. 빼곡한 정수리들에서는 이차 성징이 시작되면서 서리기 시작한 풋내가 열기에 들떠 올라와 꽃분홍 부채 사이사이로 비릿한 내음이 흘러나왔다. 이러다가 운동장 바닥에 쓰러지지는 않을까, 아니 차라리 그 편이 나을까. 그런 생각들을 했던 것 같다.

-어머머, 부장 선생님. 그때 닭 떼 중 한 마리가 저였나 보네요. 제가 학교 다닐 때는 말이죠, 운동회날이 동네 잔칫날이었어요. 누가 누가 더 멋지게 공연하는지 내기하는 것처럼 오죽 열심히들 연습했게요. 저 사실 운동회 연습하다가 더위 먹고 기절한 적도 있다니깐요.

현 선생은 나와 비슷한 기억을 가지고 있었다. 무심결에 나 역시 그랬다고, 부채를 하늘 높이 올리는 순간 하늘이 핑 도는 줄 알았다고 내가 말을 보태자 불쑥 "뭐야, 둘이 동년배였어?"라는 말이 어디선가 튀어나왔다. 잠깐 정적이 흘렀다. 나와 현 선생을 번갈아 왔다 갔다 오가는 시선이 느껴졌다. 나이보다 조금이라도 어려 보이는 것이 미덕인 세상에서 승자는 내 쪽인 것 같았다. 설사 그게 평소 내가 걸치고 다니는 후줄근한 맨투맨 티셔츠와 채신머리없는 캔버스 운동화 덕분이라고 해도 말이다.

-흥, 칫, 뽕. 뭐야, 뭐야. 우리 갑짱이라구요.

애교 섞인 말투 그리고 혀 짧은 소리와는 어울리지 않게 갑짱이라는 단어는 중후했고, 상충하는 이미지의 충돌 속에서 현 선생의 높은 텐션은 불안한 듯 흔들렸다.

　-저희는 간단하게 단체게임만 해서 그런 분위기를 잘 몰라요.

　애매모호한 상황 속에서 그런척해 보는 현 선생의 것과는 달리 정말로 상큼한 소리가 들렸다. 모른다는 것은 얼마나 천진무구한 일인가. 더욱이 모르고 싶어도 아는 것들이 더 많아진 사람들 속에서라면 말이다.

　저희와 너희를 갈라 짓는 것은 잘 모르는 것이 많은 스물넷 희영이 즐겨 쓰는 화법이다. 내가 희영을 알게 된 것은 파티션 너머에서 날아왔던 카랑한 목소리 때문이다. 쓰지 않는 교실 한 칸을 갈라서 한쪽은 우리 학년이 연구실로 사용하고 다른 쪽은 공동 학습 준비실로 활용했는데 준비실을 찾는 사람이 많지 않아 희영을 필두로 한 네다섯 정도의 젊은 교사들이 종종 거기에 모여 회포를 풀었다.

　-냄비가 웬일이니.

　그리고 무슨 동작을 덧붙였는지 조금 뒤 파티션 뒤에선 웃음소리가 까르르 터져 나왔다. 아마도 누가 교직원 친목 체육의 날에 현 선생이 산타클로스처럼 자루를 매고 등장했던 장면을 재현한 듯했다.

　일개 직원이 동료들에게 굳이 사비를 털어가며 기념품을 나누어 주는 일은 그간 없었던 일이기는 하나, 주체가 현 선생이다 보니 다들 또 저러나보다 했다. 그녀를 괴이쩍게 여기면서도 공짜를 환대하는 마음까진 놓지 못했다. 게다가 현 선생의 씀씀이는 박봉의 동료 교사들의 상식선을 뛰어넘을 만큼 부풀어 오른 상태였다. 사정을 모른다면 마치 그녀를 대부호로 착각할 정도로 현 선생은 돈을 잘 썼다.

현 선생이 딱 라면 한 개 정도를 끓일만한 크기의 양은 냄비를 자루에서 줄줄이 꺼내 들었을 때 다들 김이 빠지는 내색을 애써 감추어야 했다.

-차암, 이거 원. 뭐 이런 걸 다.

-이런 냄비에 라면 끓여 먹으면 아주 맛나긴 하지. 현 선생, 땡큐.

-이거 벨기에 초콜릿보다 싼 거 아니냐.

-아, 조용히 해요. 들을라.

그녀가 입고 다니는 루이뷔통 셔츠를 판다면 양은 냄비를 몇 개까지나 살 수 있는지 그리고 현 선생이 그날 머리에 찌르고 나타난 얇은 핀 하나가 희영이 맘먹고 산 정장 한 벌과 맞먹는 가격이라는 것까지 모두 파티션 건너편에서 들려오는 소리로 내가 알게 된 것들이다. 웃음소리는 끊이지 않았다. 강당에서 내 명치를 가격했던 장면과 함께 자루 속의 냄비는 그녀들에게 또 하나의 짤, 이따금 꺼내어 돌려 보는 밈이 된 것 같았다.

-선생님들 말씀 들어보니 옛날에는 운동회가 동네잔치였다는 엄마 말씀이 생각나네요.

이럴 때는 별수 없이 우리다. 우리를 말 한마디로 졸지 간 제 엄마뻘로 보내버리는 희영이었다. 말갛게 뜬 동그란 눈을 보고 있자니 마치 우리가 검정 고무신 만화 속 주인공이 된 기분이 들었다.

그때 운동장 끝에서 만국기 고정쇠를 박고 있던 재원이 작업을 끝내고 사람들이 모여 있는 곳을 향해 걸어왔다. 바람이 살짝 일어 그의 머리칼이 나부꼈다. 그의 앞머리가 사르륵 올라갔고 그 아래 생채기가 드러났다. 말라붙은 연고 자국이 오후의 빛 아래서 반짝 빛이 났다. 그런 그를 아련한 눈으로 응시하고 있는 건 나만이 아님을 느낄 수 있었다.

-야, 한재원. 쌩쌩한 걸 보니 일 제대로 한 게 아니네. 똑바로 안 하니?

재원은 희영을 보고 고개를 절레절레 흔들며 빙긋 웃는다. 동기인 두 사람의 막역한 인사를 보고 듣고 있자니 약간 속이 뒤틀렸는데 내 심사가 왜 이 모양 이 꼴로 전락했는지를 생각하니 이내 더 심란해졌다.

며칠 전 재원은 회식 자리에서 이마에 작은 부상을 입었다.

장 부장은 우리 동 학년 살풀이 한번 해야겠네라며 혀를 쯧쯧 찼지만, 재원이 부상을 입은 데는 그의 몫이 컸다. 회식을 제안하는 장 부장의 메시지를 받은 이들은 열 명이었다. 나와 재원이 제안을 뿌리치기 힘들었던 건 그가 학년 부장이기 때문이라 치더라도 장 부장에게 간택된 여덟 명이 모두 회식에 참석한 일은 그간 달라진 장 부장의 교내 위상을 드러내 주는 증표였다.

주최자인 장 부장은 에너지가 넘쳤다. 나는 그러려니 하며 쏟아지는 발화를 그대로 밖으로 내보내려 귀를 열고 앉아 있었지만, 나머지 사람들은 장 부장의 터진 입에 정신을 못 차리는 기색이었다. 얼핏 식견이 깊고 풍부한 것처럼 느껴지다가도 저 정도는 누구나 알고 있지 않느냐는 생각이 떠올랐고 또 아주 새로운 것을 말하는 것 같은데 정신을 차려보면 묵은내가 퀘퀘하게 밴 것을 이야기하고 있었다. 삽을 뜨다 만 흔적이 흩어진 어지러운 땅을 갈지자를 그리며 걷는 느낌이랄까. 좀처럼 한 우물이 깊어지기 힘든 이야기들이었다.

─진경 샘, 주신 과학 평가지는 잘 썼어요, 채점을 해보니 별자리 위치가 달라지는 부분을 아이들이 어려워해요. 사실 우리 동양인들은 옛날 옛적부터 우주와 별에 대해서 아주 박식했더랬죠. 고대 때부터 지상에서 가장 큰 영향을 미치는 다섯 개의 행성에 주목을 했습니다. 목화토금수, 이 다섯 개의 별이 강한 에

너지를 뿌린다고 믿고 오행이라고 표현을 했지요. 에, 그리고 말이죠, 태양은 빛을 통해 양기의 변화를 주도하고 달은 인력을 통해 음의 변화를 주도해요. 그래서 태양과 달은 음양을 낳습니다. 그리고 보면 학교는 여자 교사들의 수가 독보적으로 많은데 어떻게 보면 음의 기운으로 쏠려 있어 바람직하지 않지요. 아, 이건 음양의 원리를 따지는 거지 시대착오다 이러지는 마세요. 참, 어제 인쇄실 이 주임님이 학교 텃밭에서 수확한 상추를 교무실에 한가득 가져다 놓더라구요. 그분 손을 보니 참 야문 사람이라는 걸 알겠더군요. 뭔가를 잘 길러내는 손이 있어요. 이를테면 내 손도 그런 편이지요. 사람을 알아가는 데는 여러 가지 길이 있지만 그중에 하나는 바로 이 손이란 말이지요. 아, 그렇다고 내가 손금을 볼 줄 안다는 이야기는 아니에요. 에, 손으로 말할 것 같으면 저는 대학 때부터 부모님께는 손을 벌리지 말아야겠다 결심을 했어요. 자랑은 아닙니다만 학교는 그냥 다니는 시늉만 했어요. 여기저기 쏘다니며 돈벌이를 했는데….

의식의 흐름대로 쏟아지는 거대한 말의 폭포를 받아내는 이들은 혼몽한 얼굴로 변했다. 예전 같았으면 거, 본론이 뭐요 같은 통박이 튀어나올 법도 한데 좌중은 뭐라도 하나 놓칠세라 모가지를 빼고 앉아 있었다. 청중의 몰두는 장 부장의 발화 의지를 더욱 고양했고 폭포수의 물줄기는 광대해졌다.

그 와중에도 한결같이 묵묵한 재원과 눈이 마주쳤다. 그는 잘 지치지 않는다. 그가 나를 향해 살짝 미소 지었다. 얼굴을 닦아 주던 손, 그것은 동료로서 내민 온정이다, 아삭한 사과 한입 같은 저 미소도 무언의 공감을 드러내기 위한 수단일 뿐이다, 라고 생각하면서 나는 로맨스 영역으로 뻗어 가려는 가엾은 더듬이 한 쌍을 찰싹찰싹 후려갈겼다.

학교에서는 도사님에 대한 간증이 여기저기에서 이어지고 있었다. 처음에는 교무부장의 이야기를 듣고도 다들 긴가민가했다. 사례 하나로 장 부장의 허술함을 덮기에는 그간 드러난 그의 구멍이 너무 커다랬다. 그러나 간절함이 의구심을 이겼다. 두 번째 간증자는 사십 대 초반의 남자 선생이 되었다.

남몰래 그를 찾아간 선생은 예언 한 도막을 위해 기나긴 장광설을, 인내심을 가지고 참고 또 참았고 마침내 원하던 말을 손에 쥐었다.

-큰비가 올 때 좋은 소식이 올 거요.

그를 향한 장 도사의 예언은 기다리던 아기가 아내의 뱃속에 들어섰다는 걸 알게 된 날에 병원 문밖에 주룩주룩 내리던 비에 의해 명쾌하게 증명되었다.

-아파트는 남편께서 가지고 오시겠네요.

그 후로 모 학년 어느 여선생에게 예언이 있었고 과연 얼마 뒤 남편 이름으로 청약이 당첨되었다는 희소식이 날아왔다. 학교 사람들을 가장 열광시켰던 건 오십 대 여선생에게 내린 예언이었다.

-쇳덩이를 만지는 회사면 되겠습니다.

예언에 따라 사들인 항공주와 로봇 주가가 따상하며 내담자가 연봉의 몇 배 수익을 내자 방문객의 수는 그야말로 폭발했다. 모두의 욕망은 터져 나왔고 욕망을 시퍼렇게 드러낸 이들은 장 부장의 교실을 향해 몰려들었다.

그렇다고 누구나 희망적인 예언만 받아 든 것은 아니었다. 장 도사는 이루게 될 것과 이룰 수 없는 것들을 알려준다고 했다. 학교에서 최초의 예언을 들은 교무는 재테크에 대한 미련을 접고 승진에 온 에너지를 집중했다. 교무는 차라리 속이 시원하다며 이런 상쾌한 체념이 없다고 했다. 누구는 되고, 누구는 안 되는 불가해한 욕망의 영역에 대해 누군가는 억울하고 원통한 표정으로 그것을 바꿀 수 없는 비법은 없냐고 물어보았지만 장 도사는 "노."라고 답했다. 그런 단호함은 장 도사에게 일종의 위엄을 더해주었다.

질문의 개수는 대체로 나이에 비례하였으므로 학교 내 가장 연장자인 교장이 여전히 엉망진창인 그의 교실에 자발적으로 발을 들여놓은 것은 어쩌면 당연한 일이었다.

―말이죠, 교장 선생님의 둘째 따님이 다닌다는 회사가 최근에 코스닥에 상장이 되었다고 하네요. 요즘 교장 선생님 기분이 좀 좋아 보이지 않던가요?

장 도사는 교장의 첫째 딸이 낳은 아이가 어느 유치원에 다니는지, 교장 아내의 사촌이 무슨 장사를 하고 있는지까지 알고 있었다. 그가 나와 재원을 향해 매일 같이 퍼붓는 장광설 속에는 교장 일가의 가계도와 가계 구성원의 현황이 자주 출몰하였다.

―아, 형님. 오늘은 퇴근이 좀 늦으십니다.

마침내 장 도사가 교장을 형님이라고 부르는 순간이 왔다. 그리고 교장은 장 부장이 저지르는 업무상의 여전한 실수들에 한없이 너그러워졌다. 요구 예산서에 숫자 하나가 빠지거나 메신저에 받침이 틀린 문장을 쓰는 일, 기한을 넘겨 제출되는 결재 서류 같은 것들은 사람들이 진정 알고 싶은 일들에 비하면 그야말로 아무것도 아닌, 따위의 것들이 되어갔다.

일련의 일들을 보고 겪은 신실한 신도들이 회식 자리에 옹기종기 모여 있었기에 엄청난 양의 발화에 대한 피로는 쉽게 극복되었고 식사를 하는 내내 화기애애한 분위기가 흘렀다. 장 도사는 밥만큼 여흥도 중요하게 생각했으므로 그날의 자리가 노래방으로 이어진 것은 자연스러운 수순이었다.

나는 노래방을 싫어했다. 가능한 일이라면 전국에 있는 노래방은 모조리 폐업 조치를 시키고 싶다는 생각은 나만 빼고 전부 잘 노는 것 같은 소외와 질투에서 연유했다. 가동 가능 음역이 기껏해야 한 옥타브 안에서 머물고 있어 여성이지만 여성 가수 노래의 고음이 불가한 점, 남자 가수 노래의 경우는 저음 처리가 힘든 점으로 인하여 노래 부르는 일은 내게 힘든 노동과 같았다.

게다가 내 뻣뻣한 몸뚱어리는 대한민국에서 사회생활을 조금이라도 했다면 어느 정도 구색을 갖춰 흉내 내는 간단한 댄스 내지는 율동조차 허락하지 않았다. 기껏해야 보는 사람마저도 어색해지는 박수 치기 정도가 최선이었고, 내가 노래방에서 그 꼴로 노는 모습을 한 번이라도 본 사람들은 다음부터는 굳이 노래방에 함께 갈 것을 권유하지 않았다. 그날 일행들에게 학년 부장이 주최하는 자리에 빠지면 예의가 아니라는 둥 알량한 핑계를 동원하며 내가 일행들에게 따라붙은 이유는 한 가지였다. 그건 재원이 어떻게 노는 인간일지가 궁금해서였다.

세상에는 수많은 노래가 있다. 그러나 어떤 특정 공간에서 노래는 철저히 청자의 심금을 자극하는 것으로만 존재의 의미를 지닌다. 하여 나이가 곧 서열인 곳에서 그리고 이십 대부터 오십 대까지가 섞인 노래방에서 이십 대 청년이 고를 수 있는 곡의 폭은 그다지 넓지 않은 것이다.

간혹 신규로 발령을 받은 이들 가운데는 최신의 유행곡을 고르는 경우가 있는데 그 노래가 주는 충만함은 딱 선곡자에게만 국한한다. 노래가 시작되면 「현명한 선택」이나 「네 박자」 이후의 데이터를 업데이트하지 못한 장·노년의 집중도가 눈에 띄게 떨어졌다. 게다가 그들이 지루함을 구태여 감추려 하지 않았기 때문에 성정이 여린 신규 선생들 중에는 2절이 시작되기 전 무안함을 이기지 못해 스스로 종료 버튼을 누르는 이도 있었다. 나는 재원이 트롯 경연대회를 통해 스타로 부상한 이들이 부른 곡 정도는 알고 있었으면 했다. 그게 아니라면 왕년 가수들의 흘러간 히트곡이라도 좋았다.

-자, 재원 샘도 한 곡 해야지.

-저는 노래를 잘 못 부릅니다.

-그럼 내가 부를게, 옆에서 춤이라도 출래?

-저는 춤도 잘 못 춥니다.

못 부르고, 못 춘다는 재원의 태도가 당당했기에 좌중의 흥미로운 얼굴이 그에게 집중되었다.

-그러면 재원 샘은 뭘 잘해?

-저는… 저는 옆돌기를 잘합니다.

나는 그가 한껏 귀여워 견딜 수가 없었다. 그건 나만 그런 것은 아닌 듯했다.

-그래, 그럼 안 볼 수가 없지.

작심한 사람들이 뭐가 그리 좋은지 싱글거리며 소파를 벽으로 밀어붙였다. 홀 대각선의 끝에 재원이 섰다.

남교사들이 옷을 잘 입는다 함은 박봉의 월급쟁이가 주저 없이 덥석 고르기에는 다소 부담스러운 가격의 브랜드 티셔츠를 골라 입는 정도일 것이라고 여겼다. 허나 옷발을 살리는 균형 잡힌 몸매 하나면 굳이 상표의 힘을 빌리지 않아도 멋스러움은 충분했다. 재원이 무심하게 걸친 바람막이 점퍼 안쪽에서 탄탄한 젊은 육체가 느껴졌다. 내 눈은 부지런히 그를 더듬었다. 모멸해 마지않았던 나이 든 여자의 뻔뻔함이 어느샌가 내게도 탑재되어 있었다.

숨을 고른 후 재원은 긴 팔다리를 컴퍼스처럼 벌리고 공간을 가로질렀다. 때와 장소 어느 것 하나와도 어울리지 않는 행위였지만 전혀 뜨악하지 않았다. 오히려 통쾌한 기분마저 들었다. 너희들은 그다지도 즐거우냐아, 이젠 좀 작작. 노래방에서 내적으로 터진 나의 서러운 외침과 스스로 만든 핍박의 역사를 그의 엉뚱하고 요상한 옆돌기가 보상해 주는 것 같았다.

브라보. 재원의 재주 넘기에 감복한 사람들은 뻑뻑 손으로 휘파람까지 불었다. 착지 후 벌떡 일어서느라 모니터에 얼굴을 부딪쳐 잠시 찡그리던 재원은 한 손을 내두르며 깍듯하게 인사까지 했다. 그는 서커스 단원처럼 마지막 책임을 다했다. 재원의 부상에 일동의 환호는 곧 웅성거림으로 변했지만 내 눈에는 그의 모든 것이, 눈썹 옆에 찢긴 상처와 그곳에서 흘러내리는 붉은 피마저도 폭죽처럼 폭발하는 싱그러움으로 보였다. 그는 그대로 충분했다. 사랑받을 자격으로 가득 차 있었다.

-생각해 보니 말이에요, 지금 저희 반 아이들과 제 나이가 열두 살 밖에 차이가 나지 않더라구요. 그리구요, 옆 반 선생님의 첫 제자가 세상에나, 저보다 나이가 많은 것 있죠.

희영의 재잘댐이 멈추지 않았다. 만국기 얇은 비닐이 바람에 파르르 떨렸다. 그녀의 젊음 앞에 잔뜩 초라해진 내 앞으로 오후의 빛을 등진 재원이 묵묵하게 걸어 들어왔다. 내 안에서 무엇이 꿈틀댔다. 할 수만 있다면 끝까지 외면하고 싶은 그것의 정체는 바로 욕망이었다.

시장에 다니는 횟수가 잦아지면서 엄마의 지인은 시장 상인들로 늘어났다. 횟집 할매도 그중 한 사람으로 엄마는 할매를 남자의 절에서 만났다. 물어보려고 오는 사람은 되돌아가야 마땅했지만 횟집 할매는 그러지 않았다.

시장통에서 주로 향어를 취급하는 횟집에 고용살이하는 그녀는 숙련된 노동자였다. 함바집 칠 년, 한정식집 오 년, 그리고 지금의 횟집에서 사 년을 거치며 모은 돈은 여자 혼자 사는 데 부족함이 없었으나 부모가 떨구어 놓고 간 자식뻘 남동생을 건사하는데 홀랑 털어먹었다. 그리고도 동생이 장성하여 쉬어 마땅할 나이에 여전히 밑 빠진 독에 물 붓기를 하고 있었다.

아버지는 회를 좋아했다. 나는 한 달에 두어 번 그곳에 가서 회를 받아 왔다. 나는 할머니가 쉬고 있는 모습을 거의 본 적이 없다. 마치 자신의 가게라도 되는 양 성심을 다해 일에 몰두했다. 육십이 가까워져 오는 나이에도 반바지 밑으로 드러난 알다리가 짱짱했다. 눈이 작고 오목하여 상대적으로 도드라져 보이는 코를 주기적으로 찡긋거렸다.

할매가 까치발을 들고 수족관 안에 뜰채를 갖다 대면 향어들은 이리저리 움직이며 저항했다. 뜰채 속에 포위되고 나서도 녀석들은 포기하지 않았다. 몸을 이리저리 퍼드득거리며 그 속에서 몸부림을 쳤다. 할매는 손때가 묻은 나무 방망이로 대가리를 쳤다. 단번에 끝내야 하는 거거든, 가끔은 묻지도 않은 말을 중얼거렸다. 대가리를 따내고 배를 가르면 피가 나무판을 적셨다. 할매는 대야에서 물을 한 바가지 퍼다가 쫙 소리가 나도록 휘두르며 뿌렸다.

횟집 할매는 엄마가 절이라 일컫는 곳에 와서 절을 하고 경도 읽고 긴 머리 남자의 말씀도 들었다. 자리 댁, 횟집 할매 등 그곳에 모인 신자들의 이름은 노동의 산물이었다. 그녀들은 돈을 버는 여자들이었다. 돈 버는 노동을 하지 못해 자식의 이름으로밖에 불리지 못하는 여인은 진경 엄마인 우리 엄마밖에 없었다.

횟집 할매의 노동은 용맹했다. 그녀는 자신 앞에 놓인 하루를 기세로 몰아붙였다. 할매는 식당에 출근을 하면 맨 먼저 행주를 삶고 전날 말려놓은 행주를 개었다. 테이블이 네 개 놓인 홀 여기저기를 물걸레로 훔쳐냈고 걸레를 빨고 돌아서는 즉시 고추장에 식초와 사이다를 붓고 저었다. 초장을 통에 담아두고 나서 물에 불려놓았던 마늘에서 껍질을 제거했으며 그것이 끝나면 바로 솥에서 삶아놓은 감자를 꺼내 당근과 오이를 썰어 넣고 마요네즈를 뿌렸다. 그것까지 끝내면 비로소 주방 앞 앉은뱅이 의자에 궁둥이를 붙였다. 그러나 아주 잠깐이었다. 멈춤이 길어지면 다시 일어설 수 없다는 듯 손님이 들어오는 기척이 들리면 용수철처럼 튀어 올라 뜰채를 들었다.

물어보고자 하는 자는 되돌아갔어야 함에도 불구하고 할매는 예의 기세를 꺾지 않고 물어보고야 말았다. 그녀는 일만 하다 늙어버린 자신의 팔자에 대해서는 개의치 않았다. 알몸으로 태어나서 옷 한 벌을 걸쳤다는 흘러간 드라마 속 김혜자의 대사를 인용하며 홀가분하다고도 했다. 그러나 동생의 삶에 대해서는 그러지 않았다. 장가를 들지 않은 동생을 두고 돌아가신 부모에게 내내 죄스러워했다.

이십여 년 전 할매의 남동생은 현재의 나와 같이 서른일곱이었다. 시집가면 여자는 다 고생이다, 여자가 벌어먹을 능력만 있으면 혼자 사는 것이 제일 편한 것이라며 애써 아무렇지 않은 척 하다가도 누구에게 좀처럼 마음을 보여주지 않는 나를 쓸쓸하게 응시하는 엄마와는 달랐다. 혼기를 놓친 피붙이에 대해 갈팡질 팡하는 태도를 보이는 지금의 엄마와는 달리 그 당시 할매는 동생의 혼처를 찾아주는 일이 자신의 남은 생 과업임을 추호도 의심하지 않았다. 그러나 동분서주 할매의 노력에도 불구하고 신통한 결과는 나오지 않았다.

평생 먹이고 입히고 기른 동생은 할매 눈에 어디 하나 빠질 것이 없었다.

-자동차 고치는 그거 아무나 할 수 있는 일인 감요. 봉양할 시부모가 있나, 인물도 그만하면 남부끄럽지 않구만요. 암, 그렇구만요.

할매는 마음속 질문들을 긴 머리 남자에게 늘어놓았다. 질문을 받고도 남자는 할매를 되돌려 보내지 않았다. 그저 싱긋이 웃기만 했다. 그리고 어느 날 할매에게 던져준 말은 그리 길지도 않았다.

-저기, 바다 건너에.

할매의 눈이 화등잔처럼 커졌다.

-바다 건너에… 라면. 옳타구나, 바다 건너에, 네에, 네에.

남자가 다시 입을 열었다.

-조금 있으면 할매 집으로 오겠소, 식구가 늘겠습니다.

예언이 내려진 것이다.

제주도, 울릉도, 거제도, 흑산도, 독도…. 횟집 할매는 횟집 주방에서 메추리알 껍질을 뜯어내며 자신이 알고 있는 섬들은 모두 떠올려 보았다. 어디냐 거기 백령도, 마라도 그런데도 사람이 사나, 향어를 향해 몽둥이를 들 때도 생각은 꼬리를 물었다.

며칠 어디 다녀오겠다던 동생이 프엉을 데리고 집으로 들어왔을 때 자신과 한마디 상의도 없이 국제결혼을 하고 돌아온 남동생에게 서운한 마음이 들었던 건 사실이다.

-그 바다가 저 바다였구먼.

그래도 순순히 베트남 처녀를 새로운 식구를 받아들일 수 있었던 것은 결국 이루어진 남자의 예언과 그것에 대한 신뢰 덕분이었다.

몇 마디 되지도 않았던 예언은 정확히 현실로 이루어졌다. 프엉은 눈이 어여쁘게 빛나는 쌍둥이 남매를 낳아서 식구를 늘렸다. 갈색인 것이 분명한데 밝은 빛 아래에서는 묘하게 초록을 자아내는 아기들의 눈은 보는 이의 눈길을 붙드는 데가 있었다. 프엉이 건너왔다는 저편 바다의 물빛이 저러할까. 올망졸망 새끼를 치는 남동생네가 대견했기에 할매는 기쁜 마음으로 제 집 대부분의 공간을 그들에게 내어주었다. 할매는 안온한 평화를 느껐다. 이제 더는 긴 머리 남자에게 물어볼 것이 없을 것 같았다.

하지만 얼마 지나지 않아 할매에게는 궁금한 것들이 다시 생기기 시작했다. 프엉이 남편이 주는 생활비에서 떼어내 꽁꽁 숨겨놓는 돈의 규모는 얼마만 한지, 그 돈이 바다 건너로 흘러가는 주기는 어떠한 지경인지, 늦은 밤 거실 저편에서 들려오는 부부의 투닥거리는 소리와 프엉의 울음이 의미하는 것은 무엇인지 마지막 과업이 해결된 후에도 질문은 새끼에 새끼를 쳤다.

나는 남자의 예언이라는 것이 참으로 불친절하다 생각했다. 그것은 마치 2시간 반짜리 영화에 대한 1분짜리 허술한 예고편에 불과할 뿐이었고, 그것만 보아서는 영화의 장르조차 제대로 파악할 수 없었다. 그 예고편에서 쓰인 몇 개의 장면들이 극에서 지니는 의미는 모든 서사가 끝난 후에만 비로소 이해 가능한 것이었다. 자연히 불친절한 예고편에 불과한 예언이 효용을 지니는 대상이 있기는 한 건지 의구심이 들었다.

쌍둥이들이 태어나고 얼마 뒤 바다 건너에 있는 장인을 집으로 데리고 오겠다는, 동생의 한결같이 일방적인 선언이 있었다. 제 몸의 반절밖에 되지 않는 깡마른 사돈 양반의 얼굴에는 아기들의 눈과 똑같은 것이 박혀 있었다. 꺼지지 않는 노동의 횃불은 여전히 횟집에서 맹렬히 타올랐다. 한 달에 두어 번 있는 휴일이면 외국인 사돈과 둘만 남겨진 어색한 오후가 싫어서 할매는 집

안에서 쉼 없이 노동의 거리를 찾았다. 할매의 기세는 노년이 되어서도 끝까지 꺾이지가 않았다.

일하는 여자들과 달리 엄마가 남편에게 받아 쓰는 삶을 살았다 해서 버는 여자들보다 팔자가 좋다고 할 수는 없었다. 엄마는 항상 쪼들렸고 아버지는 엄마에게 폭력을 가하면서 자신이 벌어다 준다는 것을 자주 상기시켰다. 큰어머니는 엄마와 달랐다. 남자에게 타내는 돈의 규모나 쓰는 가락 면에서 큰어머니는 나에게 자고로 쓰는 여자라면 저쯤은 되어야 태가 난다는 것을 일깨워 주었다.

큰어머니는 숨 한 번 크게 못 쉬고 살던 우리 모녀를 잘 챙겨줬다. 그녀는 우리를 차에 태우고 도청 광장에 데려다주었으며 분수대 옆에 나를 세워두고 사진을 찍어주었다. 후줄근한 동네 중국집에서 배달시켜 먹던 짜장면이 갈색빛 광택이 도는 벽지를 발라서 고급스러운 느낌을 주는 식당에서 먹을 수 있는 음식이라 것도 큰어머니를 통해 알게 되었다. 또 세상 물정을 잘 모르는 엄마에게 이런저런 정보, 이를테면 암보험에 가입해야 하는 이유나 기미가 없어지는 크림을 구하는 방법 등을 알려주었는데 여러 분야에 골고루 무지했던 엄마에게 쓸모 있는 코치를 곧잘 해주는 큰어머니를 내가 싫어할 이유는 없었다.

−아이고⋯ 삼촌도 참, 지척에 갈비집을 두고도 식구들 외식

한 번을 안 시켜주고.

혀를 끌끌 차며 큰어머니가 가여운 눈빛으로 바라볼 때, 나는 모멸감이 든다거나 자존심이 상한다거나 그러지 않았다. 명절에 큰아버지의 딸이 들고 온 프라다 백과 아들이 입고 온 캘빈클라인 청바지에서는 반짝하는 빛이 났는데 그것도 시샘하지 않았다.

나는 집마다 고르게 분배되지 않았던 불행에 대해 분노하지 않았다. 착한 어린이라고 해서 반드시 산타클로스의 선물을 받는 것이 아니듯이, 불행의 보따리가 나누어지는 데에는 어떤 법칙이 없었다. 다만 그러할 뿐이었다. 엄마가 겨우 타서 근근이 쓰는 여자라는 것은 그 역시 다만 그러할 뿐, 특별한 이유가 없었다.

시장통 절에 모인 아낙들처럼 엄마가 일을 해서 돈을 번다면 그녀의 삶이 좀 나아질까 하는 생각을 해보았다. 하지만 엄마가 그녀들처럼 기세 좋게 밀도 높은 노동을 감당할 수 있을 것 같지 않았다. 엄마는 약한 사람이었다. 쇳덩이 같은 침묵과 불처럼 타오르는 화를 오가는 아버지의 이유 모를 변덕에 엄마는 위염에 듣는 약을 달고 살았다. 엄마는 나를 사랑했지만, 불행했고 그런 엄마와 무서운 아버지가 있는 집은 나에게 결핍과 고독의 공간이었다.

스스스스.

처음에는 옆방에서 들리는 소리인 줄 알았다. 낡은 단독주택의 벽은 허술했다. 집주인은 일 층을 반으로 갈라 두 곳에 세를 주었는데 내가 썼던 방은 다른 세입자의 방과 바로 붙어 있었다. 그야말로 소리의 향연이었다. 옆방 사내가 동틀 녘 몸을 일으키기 전에 아랫배에 힘을 바락 주고 뀌는 방귀 소리, 쪽문이 여닫히는 소리, 아기가 숨넘어가게 우는 소리, 새댁이 전화기 너머의 누군가에게 쏟아내는 넋두리는 단열재가 부실하게 박혀 있는 얇은 벽을 그대로 넘어왔다.

그 소리도 그곳에서 나는 줄 알았다. 그러나 스산한 소리는 가까웠고 꿈속의 것이라 우기고 잠을 청하기에는 지나치게 생생했다. 나는 방에 나 말고 다른 무엇인가가 있음을 동물적으로 느꼈다. 형광등을 켜니 벽지에 새겨진 검은색 띠가 눈에 들어왔다. 날개미 떼였다.

그렇지 않아도 며칠 전부터 날개미가 몇 마리씩 꾸준히 나오긴 했다. 흰밥에 섞어 먹는 검정 쌀처럼 날씬했고 펼친 날개 아래로 보이는 매끈한 몸에는 기분 나쁜 윤기가 흘렀다. 손가락에 휴지를 감아서 똑, 똑, 눌러 죽여야 하는 빈도가 잦아진 일이 그날 밤 닥칠 재앙의 예고였다는 걸 몰랐다.

화장실에 가던 엄마가 방문 앞에 우두커니 앉아 있는 나를 보았다.

─아이고, 이게 무슨 일이라니.

엄마는 에프킬라를 연신 뿌렸다. 그러나 날개미는 장롱 저 뒤쪽에서 기어 나오기를 쉬지 않았고 곧 한 벽면의 반이 벌레로 뒤덮였다. 신비롭고 소름 돋는 집단 부화의 현장이었다. 나는 요즘에도 종종 텔레비전 속에서 도심에 출현하는 곤충 떼가 나올 때마다 그 밤의 비현실적인 장면을 떠올린다. 마치 악몽의 한순간 같았던, 차라리 상상에 불과했으면 했던.

─이리 좀 와봐야겠소.

엄마는 아버지를 깨웠다. 아버지는 터벅터벅 마룻바닥을 가로지른 다음 열린 방문 사이로 얼굴만 들이밀었다. 그리고 겨우 이깟 일로 자는 사람을 깨운 것이냐는 짜증 섞인 눈빛만 남긴 채 도로 잠을 자러 들어갔다. 아버지의 쌀쌀맞은 퇴장 후 엄마는 혼자서 벌레 떼와 사투를 벌였다. 거의 살충제 한 통을 다 쓰고 나니 곤충의 사체가 수북하게 쌓였다. 동료들을 잃은 개미가 아직 한두 마리 날개를 푸덕거리며 기어 나오고 있었지만 그래도 사태는 진정 국면에 들어섰다. 검정 모래를 뿌려놓은 듯 방바닥에 어지러이 흩어져 죽은 것들을 엄마가 쓸어 모았다. 그런 엄마를 잠시 바라보다 나는 물걸레를 들고 와 장판과 벽지를 박박 닦았다. 그 밤에 보았던 모든 것들이 나는 슬펐다.

고독하고 슬픈 와중에 갑자기 날아든 남자의 예언에 나는 적지 않게 당황했다.

—당신은 자유롭게 해방될 것이오.

분명 엄마는 먼저 물어본 바가 없다 하였다. 깨달음을 향한 기도에 감복한 것일까, 때를 쌓아두지 않겠다는 일념으로 매일 손에 끼우는 이태리타월과도 같은 엄마의 참회가 갸륵했던 것일까. 이도 저도 아니면 그저 어느 날 엄마의 얼굴이 유독 슬퍼 보여서였을까.

자유와 해방이라니. 어떻게 자유로워지며 누구로부터 해방된다는 것일까. 배운 것도 경제력도 없이, 뒷배를 봐줄 든든한 친정도 없이, 뭐 하나 제대로 가진 것 없는 무능한 엄마가 자유와 해방을 맞을 방도는 머리를 이리저리 굴려보아도 묘연하기만 했다. 나는 아리송한 예언이 미치도록 불안했다. 그런데 엄마는 나와 달랐다. 그리고 어떤 미묘한 변화가 엄마에게서 감지되었는데 바로 노동하는 여자들에게서 내가 익히 보아왔던 기세와 비슷한 것이 그녀에게 얼핏 서리기 시작한 것이다.

예언이 있고 얼마 뒤 엄마는 큰아버지를 만나고 왔다 했다. 할아버지가 살아 있을 때도 큰아버지의 권위는 이미 제 부모를 능가했다. 그 근엄한 얼굴을 앞에 두고 엄마가 했다는 말이 나는 믿기지가 않았다. 동생을 그렇게 내버려두어서야 되겠느냐고, 형님 말이라면 끔벅 죽는 사람이니 가장다운 가장이 되도록 도와달라고, 당신의 동생은 손찌검을 한 날에도 부부관계를 요구한다고. 아주버님에게는 물론이고 청소년기의 딸에게조차 가감 없이 폭력의 실상을 털어놓는 엄마의 패기가 당황스러웠다. 내 보기에 부실하기 짝이 없던 예언은 존재만으로 이미 엄마에게 큰 힘을 발휘하고 있었다.

 아름다운 외모로 멋지게 돈을 쓰는 여자인 큰어머니를 아내로 둔 큰아버지의 반응은 역시나 냉담했다. 팔은 안으로 굽는 법이지, 그런 법이야. 엄마는 언제부터 자기가 그렇게 용감했다고 크게 좌절하는 것 같지도 않았다. 도대체 남자의 예언이 언제쯤에 이루어지는 것인지 나는 몹시 궁금했다. 그러나 엄마는 그래왔듯 묻는 법이 없었다. 여전히 자신은 묻는 자가 아니라 깨닫는 자라고 하였다.

 언제 어떤 방식으로 이루어질지 모르는 예언이 있은 후로도 나는 집에서 자주 슬펐다. 아버지는 변하지 않았고 그의 주먹 앞에 엄마는 여전히 무력했다. 그러나 엄마는 더 이상 맥 빠진 얼굴로 서랍장에 기대어 앉아 있는 일 같은 것은 하지 않았다. 엄마는 자꾸만 달라지려고 했다.

 나는 또 꿈을 꾸어보았다. 지루한 홈드라마의 그저 그런 조연이 그려내는 평범한 삶을. 인기 없는 드라마 속 평범한 아버지와 불행하지 않은 어머니가 있는 우리 집 풍경을 상상했다. 상상 속에서 엄마는 나비처럼 가볍게 날갯짓을 하며 우리 집 이곳저곳을 걸어 다녔다. 아니 날아다녔다. 내 어깨에도 날개가 돋아나는 듯, 내 몸도 덩달아 두둥실 떠오르는 듯 발바닥이 기분 좋게 간질거렸다. 나에겐 그런 허깨비 같은 꿈을 꾸어보던 때도 있었다.

연구실 구석에 살림집에서나 보일 법한 토스터, 직화 냄비, 찜기 따위들이 쌓이기 시작한 건 장 부장 때문이었다. 해야 할 일을 건조하게 전달하는 다른 학년의 부장들과는 달리 장 부장은 업무에 대한 것을 뒤로 미루고, 우선 나와 재원에게 무엇이라도 먹이려 들었다.

한창나이인 재원은 식사를 마친 지 두세 시간밖에 지나지 않았더라도 장 부장이 두터운 손으로 직접 껍질을 깐 고구마나 김이 모락 나는 찐만두를 먹어 소화하는 데 큰 지장이 없었다. 그런 재원을 능가하여 먹을거리를 놀라운 속도로 해치우는 건 급식 메뉴가 마음에 들지 않는 날의 장 부장 자신이었다.

나는 음식 냄새가 연구실 너머의 복도로 새어 나가는 것이 싫었다. 우리가 일은 하지 않고 맨날 모여서 먹고 노는 사람들처럼 비칠까 불편했다. 그러나 장 부장은 개의치 않았다. 사실 나는 그가 남의 눈치를 살피는 것을 본 적이 없다. 어쩌다 3분만 늦어도, 3분이 빨라도 전전긍긍하는 나와는 달리 출퇴근 시간을 밥 먹듯 어기면서도 장 부장은 쫄지 않았다.

-장 부장은 시계 볼 줄도 모르오?

그건 공공연히 수십 분 전에 유유히 학교를 빠져나가는 장 부장을 겨냥한 교장의 경고였다. 하지만 그건 어디까지나 장 부장이 장 도사이기 전의 일이었다. 여름이 가까워졌고 교장은 장 도사가 된 그에게 어떤 싫은 소리도 하지 않았다.

착하고 바지런했던 이들 중에서 장 도사처럼 출퇴근 시간을 느슨하게 운영하는 사람들이 생겨났다. 나는 어느 날 출근 시각에서 15분이나 지난 후에 느긋하게 교문을 들어서는 교무부장을 보았고 시계 보는 법을 망각하게 되는 증상이 전염병처럼 번졌다는 것을 깨달았다.

교무는 교장으로 향하는 징검다리 역할을 장 도사에게 넘겨주게 된 것을 그다지 애석하게 여기지 않았다. 어느덧 학교 사람들은 업무 고민을 교무가 아닌 장 도사에게 털어놓기 시작했다.

-장 부장님, 작년까지는 공개 수업 후 참여자가 모두 이 참관록을 썼는데 말이죠, 올해도 그렇게 해야 할까요?

-음… 이거 그럴 것까지 있겠습니까? 하나 마나 한 형식적인 건데 말이죠.

-부장님, 제 생각도 그렇습니다…. 그럼 교장 선생님께는….

-네, 제가 말씀드리지요.

그런 식으로 작년에는 있었지만, 올해는 하지 않게 된 것들이 늘었다. 없앨 수 있는 것들이라면 뭣 하러 여태껏 아등바등했을까. '이것마저 날려도 문제가 없을까.' 같은 망설임 내지 비판 의식은 "문제없어요."라는 장 도사의 단언에 쉽사리 증발했고 사람들은 안심했다.

너머에서 이쪽을 줄곧 기웃거리던 희영이 결국 파티션을 걷어내고야 말았다. 나는 지난날 희영이 다른 사람들처럼 장 부장의 무능에 대해 능멸의 웃음을 지었던 것을 기억한다. 그러나 이제 그녀도 얼굴을 바꾸었다.

따지고 보면 모지리 장 부장 시절부터 전능한 장 도사로 탈바꿈한 지금까지, 학교에서 그를 대하는 태도에 변함이 없는 사람들은 나와 재원밖에 없었다. 우리는 누구들처럼 뒤돌아 장 부장을 흉보지 않았고 장 도사에게 잘 보이려 아첨하지 않았다. 그래서 나와 재원은 '우리'가 될 수 있지만 희영은 그럴 수 없다는 것이 내 생각이었다.

희영 무리의 최대 관심사는 싱그러운 청춘답게 연애에 관한 것이었다. 그녀들은 퇴근 후에 서로의 지인을 번갈아 동원해 소개팅을 했고 그 후일담을 파티션 너머에서 공유했다. 그들은 자신들이 맞을 미래를 궁금해했다.

-잘 보는 데라고 소문난 곳에 가봤는데 꼭 그렇지도 않아. 4월에 남자가 들어온다고 했는데 남자는 무슨.

-너 신점이었니? 내가 아는 데는 철학관인데 같이 가볼래? 사주는 통계 학문이라서 그거랑은 또 달라.

-태어난 시간이 정확해야 한다던데 울 엄마가 기억이 가물해서.

-사주쟁이들도 공부의 깊이에 따라서 천차만별이래.

-코에 걸면 코걸이 그런 식이라던데. 정확도 면에서는 신점이 낫지.

신점과 사주 중 어느 쪽이 더 나은지 결론을 내지 못한 상태에서 희영은 서양 주술에까지 관심을 가졌다.

-카드를 뒤집기 전에 구체적인 대상을 떠올리라고 하더라구.

-뭐야, 너 사람 있었어?

-음, 사귀는 건 아닌데 좀 잘 해보고 싶은 남자가 있어.

-뒤집었더니?

―해골 기사가 창을 들고 있고 그 밑에 사람들이 죽어 자빠져 있더라구. 아이씨 이게 뭐야, 그랬는데 그게 꼭 나쁜 게 아니라고 설명을 하는 거야. 죽음 뒤에는 새로운 탄생이 있다나. 그럼 그 남자와 나 둘 사람의 기존 관계가 무너지고 새로운 판이 깔린다는 그런 뜻이 아닐까? 친구였는데 연인으로 바뀐다거나 그런 거 말이지.

이것이 장 부장이 장 도사이기 전에 그들이 나누었던 대화였다. 인당 삼만 원인데 둘이 가면 오만 원을 받는다는 타로 카드 해설사보다는 장 도사가 더 신뢰를 주는 사람이었다. 이를 희영이 놓칠 리가 없었다.

―장 부장님, 저는 언제쯤 연애가 가능할까요?

희영의 질문이 다소 저돌적이고 무례하다고 여겨졌지만, 장 도사가 무엇이라고 답할지 나도 무척 궁금했다. 희영이 타로 카드를 뒤집을 때 생각한 남자가 누구인지 알 것 같았기 때문이다.

―하하, 가능이라니요? 희영 선생님이 마음만 먹으면 연애야 언제든 가능하지요. 예쁘고 똑똑하신 분이 가능이라는 말이 당치 않습니다.

장 부장은 어물쩍 넘어가려고 했다. 그러나 희영은 한 발 더 나가 질문을 들이댔다.

―장 부장님, 제가 마음에 둔 사람이 있는데 그 사람과 저, 잘

될까요?

내 귀가 커다랗게 열렸다. 장 도사는 잠시 머뭇거렸고 동그란 희영의 눈이 더 크게 벌어졌다.

-에… 하하. 희영 선생님. 그걸 제가 어떻게 알겠습니까. 저는 대나무 꽂고 손님을 맞는 사람이 아니에요. 하하하.

이쯤 되면 희영도 더는 묻지 못했다.

애매모호한 분위기에서 현 선생이 들어왔다. 특별한 용건이 있어서는 아니었다. 이리 불쑥 저리 불쑥 학교 곳곳에 출몰하는 일은 새삼스럽지 않았다. 그 무렵의 현 선생은 위태로이 부풀어 오른 삶의 에너지로 터질 것 같았다. 뭐라도 쏟아내지 않으면 바로 터질 것 같은 풍선처럼 위태로워 보였다. 현 선생은 항간에 떠도는 구설을 여기저기 전달하는 식으로 내부에서 팽창 중인 에너지를 배설했다.

구설의 중심이 갖다 나르는 구설은 기묘한 느낌을 주었다.

-그것 아세요? 자, 여자는 A이고 남자는 B라고 하겠습니다. 둘은 유명한 캠퍼스 커플이었다네요.

장 부장은 흥이 오른 현 선생을 지긋이 바라보았다.

-현 선생님, 굳이 이니셜을 쓰시는 이유가 있을까요?

-장 부장님, 그건 소문의 주인공에게 제가 남기는 일말의 배려라고 해두겠어요.

현 선생은 이니셜 뒤에 한 쌍의 남녀를 허술하게 숨겨두고 이야기를 이어갔다.

-B가 공부를 못해서 시골로 발령받는 바람에 둘이 먼저 혼인 신고부터 했어요. 그래야 전출 신청할 때 유리하니깐. 그래서 서류상의 새신랑 B가 도시로 올 수 있었지요. 그런데 새롭게 옮겨 간 학교에서 신규 교사 여자 C를 만나게 되었답니다.

-어라, 슬슬 막장 냄새가 나는데요.

대화의 주도를 내어준 뒤 내내 떨떠름해 있던 희영은 언제 그랬냐는 듯 빠르게 이야기 속으로 빨려 들어갔다. 현 선생은 제 코앞에서 두 눈 반짝 앉아 있는 희영이 다른 곳에서 자신이 주인공인 구설을 열심히 옮기고 다니는 것을 알고나 있을까.

-저와 계 모임을 하는 동료의 남편의 친구가 그 학교에 같이 근무하고 있어요. 어느 날 누군가가 퇴근 시간을 넘어 학교에 남아 있다가 무심코 연구실 문을 열었다나 봐요. 자, 여러분 그곳에서 무엇을 보았을까요?

애써 심상하게 듣고 있는 이들과 달리 희영의 동공은 동그랗게 벌어진다.

-설마… 겠죠? 에이~. 그래, 키스 정도는 뭐.

-그 정도면 감이 안 되겠죠?

-에~? 정말?

―헐떡이며 붙어 있는 두 사람을 보고 그 선생이 놀라 기절할 뻔했다는 거 아닙니까.

―우와 화끈한걸요. 아니 하려면 문이나 잠글 것이지. 만약 아이라도 한 명 남아 있다가 거기를 열어봤으면 어떻게 되는 거예요?

―다음 날 포털 사이트 메인에 뜨는 거지요.

―그러면 B는 A와 헤어지고 C랑 된 것인가요?

―하하, C한테 새로운 남자 D가 나타나서 뜨거운 사이가 되고 B는 버림을 받았답니다. 그런데 웃긴 게 뭔 줄 알아요? 다음 달에 A와 B가 정식으로 식을 올린다는 사실.

―남자가 배신을 했는데 어떻게 그래요?

―소문이 가장 늦게 도착하는 데가 어딘지 아시나요? 바로 주인공의 귀랍니다. A는 아직 몰라요. 다들 뒤에서만 수군대는 거지. 총대 메고 박살을 내줄 사람이 아무도 없었나 봐요. 참으로 불행한 일 아니겠습니까? 아~ 바보가 된 A, 불쌍하기 그지없는 A.

만약 장 부장이 지지 않고 함께 장광설을 풀어놓았더라면 나는 인내를 잃고 그곳을 박차고 나갔을지 모르겠다. 다행히 현 선생의 폭격 같은 수다에도 장 부장은 입을 꾸욱 닫고 있었다. 알파벳 놀이에 함께 장단을 맞추던 희영이 돌연 얼굴을 바꾸어 옆자리 동료에게 눈짓을 주며 찡긋거렸다. 이니셜을 향한 측은지심으로 가득 차올라 폭발 직전인 현 선생이 그제야 우스꽝스럽다는 듯.

바보 같은 사람, 멍청한 사람. 현 선생의 어리석음에 짜증이 치받쳐 올라왔다. 사치를 가능하게 하는 동력의 출처가 다름이 아닌 현 선생의 오빠가 떠나고 남긴 보험금이라는 이야기가 들리는 와중이었다. 오빠가 자살하였다는 사실을 왜 스스로 말하고 다녔을까. 평범하지 못함이 조직의 일원에게 어떤 의미로 다가갈지, 그 정도는 알 나이가 아닌가. 우리, 서른일곱은.

학교의 누군가는 우울은 가족력이라고 자신의 상식을 떠벌렸고 다른 이는 "갑자기 사람이 변하면⋯." 하고 말끝을 흐렸다. 그 말을 듣고 어떤 사람은 "내가 아는 사람의 아는 사람도 저러다가 결국⋯." 하며 끝말을 얼버무리는 데 냉큼 동참했다. 현 선생의 모든 말과 행동은 조울증의 프레임이 씌워져 그들에게 분석되었다.

전공을 한 것도 아닌데, 정신세계에 관해 박식했고, 자신 있는 태도로 돌팔이 의견을 개진하는 자들이었다. 어리석은 현 선생을 반면교사 삼아 나는 내 슬픔이 타인에 의해 훼손되도록 내버려두지 않으리라 다짐했다. 내 슬픔을 온전한 모습으로 지켜낼 수 있는 사람은 나 자신밖에 없었다.

현 선생이 연구실에 남기고 간 소문의 뒷맛은 씁쓸했다. 탁자 위는 과자봉지와 조각들로 어지러웠다. 쉬고 있던 입이 심심해서였을까 장 부장은 현 선생이 이야기에 몰두해 있는 동안 오예스 두 개와 쿠크다스 세 개를 해치워 놓았다. 입 안의 음식물을 모아 쩝쩝거리는 장 도사를 보며 희영은 다시 기회를 노리고 있었고 그를 향해 입술을 달싹거리려 했다. 나는 순간 커다란 피로감이 느끼며 이 모든 것을 얼른 치워버리고 싶다고 생각했다.

나는 한때 정리벽으로 인해 결벽증 초기가 아니냐는 의심까지 받은 적이 있다. 쿠크다스를 철천지원수로 여길 만큼 가루나 조각들 같은 것들이 떨어진 꼴을 보지 못했다. 나는 남들이 흘려놓고 그냥 간 것까지 모두 치웠다. 더러움에 대한 허용 범위는 사람에 따라 천차만별이고 인내해 보았자 내가 원하는 시점에 그들이 치워주지 않는다는 점을 깨닫고는 더는 기다리지 않았다. 공동으로 사용하는 장소의 청소는 더러움을 가장 못 참아내는 사람의 몫이다. 하여 연구실 청소는 매해 나의 몫이 되었고 그런 상황이 억울하지 않을 만큼 이제는 체념한 상태였다.

그런데 올해는 사정이 달랐다. 카스텔라를 싸고 있던 종이 껍질과 거기에 떨어진 빵가루, 봉지를 뜯을 때 잘려 나간 과자 조각들. 나보다 먼저 재원이 움직였다. 그 덕분에 차릴 줄만 알았지 치우는 방법은 모르는 장 부장을 쉽게 견딜 수 있었다.

처음에는 재원이 나처럼 유별나게 청결한 성미여서 그런 거라고 여겼다. 치우는 것을 잘하는 초임 교사를 본 적이 없어 기특하고 고마웠다. 하지만 재원은 원래 깨끗하게 치우는 사람이 아니었다. 그의 교실은 여느 초임 교사들의 공간처럼 어수선하고 곳곳이 더러웠다. 때문에 재원이 나를 유심히 보고 있다는 생각은 나로서는 합리적인 판단이었다.

재원은 내가 청소를 위해 움직이려고 하면 빠르게 선수를 쳤다. 무겁지도 않은 우리 반 준비물을 굳이 제 손으로 날라주었고, 회식 때 맞은편에 앉아 내 접시가 비면 얼른 고기를 올려주었다. 그때마다 나는 낯간지럽게도 황홀한 기분이 들었다. 죽음의 타로 카드를 뽑아 들고도 희망을 이야기하는 희영에게 사실 나는 이 모든 것들을 자랑하고 싶었다.

나는 재원이 보란 듯이 나에게 더한 친절을 베풀었으면 했다. 그리고 그 친절이 선배에 대한 예의와 배려에서 비롯된 것이 아니길 바랐다. 우리의 이야기가 쓰여질 페이지가 있다면 그건 직장인의 애환을 다루는 사회생활 백서가 아니라 유치하고 달콤한 로맨스 소설이어야 했다. 젊음에 대한 열등은 욕망과 나란히 몸집을 키워갔고 부풀어 가는 그것들을 나는 아무에게도 들키고 싶지 않았다. 그러나 이율배반적으로, 누군가가 꼭 좀 알아주었으면 하는 마음도 불편하게 자리하고 있었다.

-늦게 트이는 아이들이 있다던데 니가 그런가 보다.

 이렇다 할 사교육이 없이 내내 중상위권만 맴돌았던 내가 엄마 말대로 홀연히 머리가 트였던 건 6학년 때부터였다. 교실 변방에서 겉돌던 쩌리에 불과했던 나는 6학년 2학기 중간고사에서 줄줄이 백 점을 맞았다. 운동회 연습 때 닭 떼들을 향해 봉을 휘둘렀던 선생님께서는 다수의 닭 중에 김진경이라는 인간이 존재하고 있었음을 그때부터 아셨다.

 1학기까지만 하더라도 선생님께서 심부름을 시키는 아이는 반에서 단 한 명밖에 없었다. 그 여자애의 아버지가 의사다, 아니다 백화점 임원이다, 아니다 시내에 있는 높은 건물의 주인이다, 말들이 많았지만 아버지의 직업에 대해서는 정확히 알려진 바가 없었다. 단 그 애의 집에 돈이 아주 많았다는 것은 확실했다.

그 애의 엄마는 내가 알던 시장통 아주머니들과는 확연히 달랐고, 치맛바람의 대가였던 큰어머니와는 비슷하였다. 어린이날 교실에 들어와서 반 전체 아이들에게 학용품과 초콜릿이 섞인 선물 꾸러미를 나누어 주었고, 스승의 날에는 집채만 한 꽃바구니를 보내 내가 사 들고 간 카네이션 한 송이를 주눅 들게 했다. 풍성한 꽃송이 사이에 무엇이 숨겨져 있는지 우리 반 아이들은 다 알고 있었다.

특급 비서였던 그 애가 기말고사를 마치고 답을 비교해 보자며 나에게 왔다. 아이들이 부러운 눈으로 나를 바라보았다. 순간 가슴이 벅차올랐지만 최대한 차분하고도 이지적으로 보이게 눈을 내리깔았다. 그리고 그 애가 내 옆에 고개를 처박은 자세로 제 답과 내 것을 비교하게 했다.

선생님은 올백 타이틀을 단 내게도 다른 반 선생님에게 인쇄물이나 자잘한 물건 따위를 전달하는 심부름을 시켜주었다. 그리고 나에겐 선생님이 일찍 퇴근하는 날 그녀가 사용하는 컴퓨터의 전원을 끌 수 있는 특권 같은 것도 주어졌다. 어느덧 선생님의 비서진은 쌍두 편대로 바뀌게 되었다.

그 애는 항상 십자가 목걸이를 하고 다녔다. 하얀 태양 빛이 쏟아지는 창가에 섰을 때 십자가는 가느다란 목에서 반짝하고 빛이 났다. 제 엄마를 닮아서 어여쁜 얼굴에 십자가는 어떤 청초함을 더하여 주었다. 그것은 성스럽게 반짝이며 그 애가 교실에서 가지는 권위를 더 강화하는 것 같았다.

처음 엄마가 절에 가자고 내 손을 이끌었을 때 십자가 목걸이가 떠올랐다. 절에 다니면서 염주 팔찌 같은 걸 하나 손목에 걸어 그 애와 결이 다른 영성의 이미지를 나에게 더해주는 일도 과히 나쁘지 않을 것 같았다. 성스러운 믿음을 지닌 리더들, 과연 쌍두마차다운 꽤 괜찮은 그림이었고 평범하고 재미없는 드라마에 나와도 좋을 법한 예쁜 장면이었다.

그런 계산이 깔려 있었기 때문에 나에게 절이라는 데는 절대 그런 곳이면 안 되었다. 엄마는 내게 깊은 눈을 가진 민머리의 수행자와 고즈넉한 맑은 공기를 건드리며 울리는 풍경 조각 뭐 그런 것들을 내놓아야 마땅했다. 사이비 교주로 추정 가능한 장발의 남자 앞에 예의 바르게 앉아 있는 엄마를 생각하면 울화통이 치밀었다. 엄마의 절 바깥은 항상 소란스러운 시장이었고 그곳은 상스러운 소리가 시시때때로 들렸으며, 결코 성스럽다 할 수 없는 냄새들로 가득했다.

어느 날 그 애와 나는 둘이 함께 학교에 남아 선생님께서 두고 간 시험지를 채점했다. 선생님으로 빙의해 사정없이 색연필을 돌리는 재미는 쏠쏠했다. 그리고 그 재미를 다름이 아닌 그 애와 공유하는 것이 좋았다. 늦은 오후가 되었고 우리는 성장기 어린이답게 극심한 허기를 느꼈다. 학교 앞에도 꼬치나 떡볶이 따위의 먹을거리들이 많았지만, 그 애는 굳이 자신이 자주 가는 피자집에 가자고 했다. 나는 외식이 아니라 간식으로 피자를 먹는다는 그 애의 생활 양식에 놀란 티를 내지 않으려 노력했다.

피자, 그깟 게 뭐라고. 학교에서 나와 십여 분 정도를 걸어 시장을 관통해야 하는 점이 마음에 걸렸으나 제안을 거절하고 싶지 않았다. 그러나 걷는 내내 신경이 불안했던 건, 그리고 되도록 빨리 시장통을 빠져나가고 싶었던 건 아마도 어떤 동물적인 촉 때문이었을 것이다.

저 멀리에 있어도, 사람들로 북적이는 시장통이라 해도 장발을 날리는 그는 복작대는 배경을 흐릿하게 만들며 독보적인 존재감을 드러냈다. 그가 나의 시야에 들어온 순간부터 나는 시험대에 올랐다. 행인의 힐끔거리는 시선을 받고 있는 저자와 내가 아는 사이라는 것을 누구에게도 드러내고 싶지 않았다. 그게 십자가 목걸이를 한 청초한 그 애 앞이라면 더욱 그랬다. 하지만 모른 척 지나치기에는 아는 사람을 향한 방긋한 미소가 정확히 나를 향해 있었기 때문에 그것을 외면하는 것은 불가능한 일이었다. 기어들어 가는 목소리로 안녕하세요, 그리고 보일 듯 말 듯 간신히 소극적인 묵례를 보였다.

-저 사람 누구야.

소녀의 질문에 대한 대답을 어떻게 해야 했을까. 나는 소녀에게 남자와 돼지머리의 상관관계에 대해 말할 수도 있었다. 내가 기억하는 장면들, 그러니깐 가마솥 안에서 펄펄 끓던 뽀얀 육수와 남자의 가게 앞에 내걸렸던 돼지머리의 미소에 대해서도 증언할 수 있었다. 그리고 이제는 과거와 손절한 채 하얀 메리야쓰와 하얀 빤스를 만지는 그의 손에 대해서도. 만약 내가 그랬다면, 남자에 대한 모든 이야기를 들려주었다면 나는 그 애와 친구가 될 수 있었을까.

-응, 아는 사람.

소녀는 설명을 더 기다렸다.

-이모 아는 분이 가게를 크게 하시는데, 거기에 놀러 갔다가. 용케도 날 기억하고 계시네.

-무슨 가게?

-옷 파는 가게.

내 목소리는 평소보다 조금 가라앉아 있었을 것이다. 그 애는 남자에 대해 더는 묻지 않았다. 나는 그날 내가 먹은 피자의 맛이 잘 기억나지 않는다. 그리고 중학생이 된 후로 그 애를 다시 본 일은 없다.

머리 긴 남자는 부지런했다. 그는 군살이 없이, 일생을 약간 마른 듯한 인상으로 살았다. 그는 대략 새벽 4시 전후에 기상을 하여 거울에 대고 절을 하고 경을 읽는 것으로 하루를 시작했다. 장사는 꾸준히 잘되었기에 매주 수요일은 인근 대도시 도매 시장에서 물건을 떼왔다. 그런 날은 장사를 끝내고 자정에 이르러 기도를 한다고 했다. 그런 식으로 생업과 절, 둘 다 손에서 놓치지 않았다.

엄마에게 이끌려 마지못해 그곳에 간 날이면 그는 내게 꼭 밥상을 내어주었다. 반찬은 별것이 없었다. 시장에 깔린 제철 채소 몇 가지를 볶은 것과 두부조림 그리고 된장 시래깃국 정도가 다였다. 하지만 그가 전직 맛집 사장이었다는 사실을 새삼스럽게 상기할 만큼 반찬은 모두 맛있었다.

소담스럽게 버무린 콩나물은 씹으면 달큰한 채즙이 흘러나왔다. 그건 숨이 죽어 있던 엄마의 콩나물 나물과 달랐다. 남자가 프라이팬에 들기름을 둘러서 지져낸 두부는 간이 딱 맞았고 한여름에 내놓는 평범한 보리차마저도 극에 달한 구수함을 선사했다. 나는 밥공기를 깨끗이 비워냈다. 남자가 내놓는 반찬과 그 맛에 익숙해질 무렵이 되었을 때는 길에서 그를 만나도 별로 당황스럽지가 않았다.

초하루와 보름, 한 달에 두 번 남자는 오전 장사를 쉬었다. 그 날은 자리 댁이나 횟집 할매 같은 사람들이 남자의 집으로 모여들었다. 그녀들은 떡 한 보퉁이, 과일 한 소쿠리, 깨강정 같은 것을 가져왔다. 모여든 아녀자들이 바치는 공물은 기껏해야 떡과 과일이 다였기 때문에 그가 금전 착취를 목적으로 사람들을 유인한다는 의심을 더는 품을 수는 없었다.

중고등학교를 다니며 나는 더욱 똑똑해졌다. 우등생인 내 눈에 거기 모인 사람들은 다 초라했다. 시장통 아주머니들의 행색이 나아질 기미는 보이지 않았다. 그녀들은 여전히 곤궁했고 고달팠다. 남자가 그런 여인들을 모아놓고 한다는 말은 고작해야 윗물이 맑아야 아랫물이 맑다는, 콩 심은 데 콩 나고 팥 심은 데 팥 난다는 수준 낮은 속담에 근거한 훈계들이었다.

심오함이라고는 찾아볼 수 없는 그 말을 듣고도 성실한 신도들은 참회의 의지를 한껏 고양했다. 그곳에만 들어가면 나는 이상한 나라에 빨려 들어간 것 같았다. 십자가 소녀를 다시 만난다 해도 여전히 나는 그 남자에 대한 소녀의 궁금증을 해결할 수 있을 것 같지 않았다.

엄마가 가출인지 출가인지 모를 것을 한 건 내가 교대 기숙사에 들어가고 나서이다. 예언이 본격적으로 제 모습을 현실에서 드러낸 건 아마도 그때부터라고 할 수 있다. 엄마는 시장 거리에 난전을 펼쳤다. 우선 그러기 전에 아버지가 있는 집을 나와 작은 방을 얻었다. 엄마의 용감한 결정과 신속한 행동에 나는 큰 충격을 받았다.

엄마는 길바닥에 동그란 앉은뱅이 의자를 놓고 새벽 도매 시장에 가서 채워 온 자루를 펼쳤다. 그 속에서 나오는 것들은 날마다 달랐다. 갈색 도라지 뿌리를 빨간 고무 대야에 걸쳐 올려

칼로 대가리부터 뿌리까지 훑어 내리며 껍데기를 벗겼고, 맨몸이 드러난 도라지를 잘게 쪼갰다. 그리고 늙은 호박과 박같이 단단한 것들은 네 조각으로 갈라 씨를 발랐다.

세발나물을 자루 한가득 받아 오는 날도 있었다. 이문을 더 남기려고 싸게 가져온 나물일수록 웃자란 부분이 길어 손이 가야 할 부분이 많았다. 그런 날은 온종일 뻐득한 줄기를 손톱으로 똑똑 눌러 땄기 때문에 엄마의 손톱 끝에 며칠간 연한 초록빛이 서렸다. 그렇게 벗기고 쪼개며 가르고 따는 수작업을 통해서 엄마는 작은 수익을 창출했다.

여태껏 내가 목도하는 여성의 경제 활동은 어찌하여 이놈의 시장 바닥을 벗어나지 못하는지 통탄스러웠다. 엄마가 부린 난전은 자리 댁의 것보다 허술하였고 노동의 실력은 횟집 할매의 것에 한참 미치지 못하는 어설픈 수준이었다.

마침내 여기에 이르렀는가. 장발 남자의 예언은 이렇게 이루어지는가. 나는 허탈함과 함께 분노를 느꼈다. 하지만 나를 사로잡았던 가장 강력한 감정은 단연코 초라한 난전에 나앉은 엄마에 대한 수치심이었다. 길에 나앉아 행인의 심드렁한 시선을 받는 남루한 엄마를 보는 일은 내게 고행에 가까웠다.

시장에는 옷집 남자와 야채 아줌마가 서로 그렇고 그런, 상인들이 쓰는 말을 빌리자면 붙어먹은 관계라는 이야기가 나돌기 시작했다.

-나만 당당하면 문제 될 게 없다, 남들이 나 먹여 살려준다니. 이야기하기 좋아하는 사람들 하나 쓸데없다.

엄마의 용기는 천천히 성장하는 노동의 기세와 비례하여 튼튼하게 자랐다. 하늘 아래 하나 부끄러운 것 없다는 엄마였다. 당당한 엄마는 나에게 위로를 주지 못했다. 시장 바닥 사람들이 엄마를 추문 속 주인공으로 알게 된 것이 괴로웠고 나는 이 모든 상황이 시종일관 치욕스러웠다.

나는 이제 막 똑똑한 어른이 되려 하고 있었는데 엄마와 아버지 그리고 장발의 남자는 모두들 하나 같이 내가 이해 불가능한 영역에 존재하고 있어 지금 무슨 일이 벌어지고 있는 것인지 도대체 영문을 알 수가 없었다. 그중에서도 가장 이해할 수 없었던 사람은 바로 아버지였다.

스무 살이 될 때까지 아버지는 내게 그냥 무서운 사람일 뿐이었다. 엄마가 집을 나왔다는 것을 알게 된 후 나는 매일 불안에 떨었다. 아버지가 시장에 나 앉은 엄마를 찾아가 광폭하게 끌고 가는 장면을 수도 없이 상상했다. 내가 아는 아버지라면 그것이 당연했다. 그런데 뜻밖에도 아버지는 가만히, 정말로 가만히 있었다. 나의 아버지가 어떤 사람인지 궁금해진 건 아마 그때부터였을 것이다. 그러나 공포로 내 삶을 지배하고 엄마를 불행하게 만든 폭군의 얼굴을 제대로 응시하는 것은 그때의 내게는 쉬운 일이 아니었다.

중학교에 들어가고 나서였을 것이다. 도서관에서 집으로 돌아오기 위해 시내버스를 탔다. 버스 오른쪽 창가 아래로 익숙한 얼굴을 발견한 순간 심장이 쿵 내려앉았다. 아버지였다. 평범한 소녀라면 응당 그랬어야 했다. 만면에 미소를 올리며 두세 걸음 만에 달려가, 인기척에 올려보는 남자를 향해 아빠- 하고 다정히 부른다.

-딸, 어디 갔다 오는 길이야?

-도서관.

-공부하느라 피곤했지? 나 대신 니가 앉거라.

나는 일어서려는 아버지의 어깨를 지그시 누른다.

-아니야, 난 괜찮아.

조우한 부녀는 우연이 신기하여 서로가 더 반갑다.

하지만 아버지를 발견한 나는 거기서 바로 목석이 되었다. 치익, 어찌해 볼 틈도 없이 앞문은 닫혔고 버스는 부릉하고 출발했다.

아버지가 몇 걸음 앞에 엉거주춤 서 있는 나를 보았다. 버스 안의 예사로운 소리와 기척이 두세 배로 확장되어 느껴졌다. 흡사 그것은 두 사람의 대치 상태에 가까웠다. 아버지의 얼굴은 어색하게 일그러졌는데 어쩐지 조금 수줍어 보이기도 했지만 그건 나의 착각이라 여겼다. 고역스럽게 정거장을 보냈고 한참 뒤 버스에서 내린 둘은 집까지 걸어가는 동안 서로에게 말이 없었다. 정류장에서 집까지 5분 남짓의 길을 지나는 동안 질식할 것처럼 숨이 막혔다.

묵은 기억을 더듬어 올라간 과거 속엔 이런 아버지도 있다. 큰아버지의 부름을 받고 온 가족이 시골 성묘를 나섰다가 집으로 돌아오던 길에 잠시 들른 바닷가였다.

싸르륵.

제각각으로 생긴 발밑의 작은 돌멩이들은 물결에 휩쓸릴 때마다 소리를 냈다. 반바지 아래 두 다리 사이에는 기어다니는 작은 것들이 가득했다. 거기에 온 정신을 놓고 있다가 문득 고개를 돌렸을 때 저쪽에서 아버지가 바지를 훌렁 내리고 있었다.

미쳤나 봐.

단말마는 소리를 덧씌우지 못하고 속에서만 터졌다. 다행히 바지 아래로 드러난 것은 매일 저녁 노동에 찌든 몸을 씻어내고 걸치던 후줄근한 삼각팬티가 아니라 장롱 한편에서 오래 묵은 사각 수영복 팬티였다.

셔츠까지 벗어 던진 후 아버지가 바다로 뛰어들었다. 가만히 서 있으면 아침나절에 엄마가 묶어준 머리가 날아올라 서로 엉킬 만큼 바람이 센 날이었다. 바다 역시 커다란 물결로 넘실대고 있었다. 또다시 '미쳤나 봐.' 소리가 속에서 터졌다. 아버지가 바다 저편으로 멀어졌고 나는 가슴이 벌렁댔다. 그가 바다 저 너머로 영영 사라질 것 같았다. 점처럼 작아진 그를 끝까지 바라볼 용기가 나지 않아 나는 다시 내 발밑에서 달각거리는 것들에 집중했다.

시간은 아주 천천히 흘렀고 아버지는 바다에서 뭍으로 돌아왔다. 그리고 다시 벗어두었던 바지를 주섬주섬 챙겨 입었다. 그때 내게 두려움을 준 일이 아버지가 사라져 버린 것인지 아니면 다시 돌아온 일인지는 헷갈렸다. 다만 파도를 가르며 앞으로 나아가던 아버지의 모습은 무척이나 낯설었던 타인으로 박제되어 있다. 바다에서의 아버지는 건강했다. 그리고 평범했다.

내가 가진 어린 시절 사진 중 아버지와 관련된 것은 단 두 장이다. 한 장은 아버지가 찍어준 내 사진이고 다른 한 장은 아버지와 내가 함께 찍힌 사진이다. 두 사진 속의 나는 많이 다른 모습이다. 아버지가 나를 주인집 마당에 세워두고 사진기를 가져왔을 때 적지 않게 당황했던 기억이 난다. 말 그대로 세워두었기 때문이다. 무슨 연유로 사진을 찍는 것인지에 대한 설명이 없었고 그저 서 있어 보라고만 했다. 초등학교 4학년이었던 나는 말 그대로 서 있었다. 손은 양 허벅지에 가지런히 붙이고 눈, 코, 입은 경직된 채로 정면을 응시했다. 그대로 찰칵, 사회주의 국가에서 도열 상태인 군인처럼 내 모습은 그렇게 남겨졌다.

다른 한 장의 사진 속 나는 의도적인 촬영의 순간을 겪은 것은 아니었다. 나는 서너 살 먹은 꼬마였고 아버지는 젊은 청년이었다. 나는 무릎까지 오는 빨간 원피스를 앙증맞게 걸치고 있었고 놀랍게도 사진 속의 아버지는 나를 껴안고 볼에 입을 맞추고 있었다. 원피스를 입고 있는 그 아이는 품에서 빠져나오려 안간힘을 쓰고 있었고 아버지는 그런 아이를 으스러지게 껴안고 있었다. 그 사진은 누가 찍어준 것이었을까. 아버지와 나는 두 장의 사진에 관해 이야기해 본 적이 없다.

－형님, 거 기억납니까. 냄비 밥 말이오. 아버지가 읍에 얻어다 준 방에 까까머리 우리 둘이서 살 때 말입니다. 짠돌이 영감

탱이가 딱 쌀하고 김치보시기만 넣어 줬다 아니오. 형님, 학교에서 돌아오면 냄비 밥을 해가지고 말입니다, 상에 올려가지고 젓가락으로 선을 딱 그어 이 등분을 했지요. 밥이라도 든든히 먹어야지, 반으로 갈라놓고도 한 숟갈이라도 더 먹어보려고 제 숟가락이 선을 넘고 말입니다, 그러면 형님은 제 걸 탁 쳐내셨지요. 동시에 허덕거리며 달려들었던 그 냄비 말입니다, 형님. 거 기억이 나십니까?

할아버지 제사 때 음복 후였는지 두어 잔이 들어간 상태였을 것이다. 살아 돌아온 무용담을 만나는 사람마다 늘어놓는 상이군인을 바라보는 눈으로 제 아우를 응시하고 있던 큰아버지에게서는 어떤 대꾸가 없었다. 그러나 달뜬 아버지의 수다는 그치지 않았다. 그들의 유년 시절이 큰아버지에게는 그다지 저장하고 싶지 않은 기억인 듯했지만 아버지는 달랐다. 아버지는 형제가 둘러앉았던 볼품없는 과거의 밥상을 사랑했던 것 같다.

내가 대학에 다니는 동안 엄마는 마침내 온전히 버는 여자가 되었다. 엄마는 벌지 않아도 되는 여자와 벌어야만 하는 여자 중 후자에 속하게 된 것을 하나 애석하게 여기지 않았다. 엄마의 자긍심은 점점 커졌다. 그리고 자립으로 이루어 낸 성과를 나에게도 나누어 주었다.

-가장 낮은 데서 번 돈이니, 네가 허투루 쓰지는 않을 거라고

본다.

나는 대학 동기의 생일에 처음으로 클럽이라는 데를 가보았고 대학 안에서 알게 된 남자와 영화를 보고 돈가스도 사 먹었다. 머리에 파마와 염색을 주기적으로 했으며 나이키 운동화를 신고 리바이스 청바지를 사서 입었다. 엄마가 보내주는 돈으로 그 모든 일들을 치르면서 언젠가 찾아올 엄마의 진정한 해방과 나의 평범을 갈증했다.

엄마의 난전에는 채소의 종류들이 늘어났고 엄마는 새벽부터 밤까지 일했다. 그리고 오랜 시간 아버지는 조용했다. 나의 부모는 모두 내가 알던 사람들이 아닌 것 같았고, 나는 대학을 졸업했다.

아버지는 내가 교사가 되어 옮긴 두 번째 학교에서 근무를 할 때 돌아가셨다. 아버지의 죽음 이후 나는 계속 조각난 기억들을 누덕누덕 이어 붙여보았다. 처자식을 향해 던지는 거칠고 상스러운 말 뒤에 자라지 않은 어린 심장이 있었던 걸까. 그것을 누구에게 들킬세라 깊숙이 넣어두고 모녀에게만은 영원히 강한 사람으로 남고 싶었을까. 누구의 남편, 아버지, 동생이 아닌 그 남자는 대체 누구였을까. 결국에는 나는 그를 모른다. 그렇게 되었다.

안이 어두워 아무도 없는 줄 알았다. 내가 문을 여는 소리에 안쪽에서 허연 얼굴 하나가 떠올랐다. 엎드려 있던 현 선생이 고개를 든 것이다. 음악실에 들어선 나를 가만히 바라보았다. 그녀는 창백했다.

-생각해 보니 음악실은 처음이네요, 얼굴 뵌 지가 꽤 된 것 같아 들러봤어요.

현 선생이 아무 말 없이 의자에서 엉덩이를 뗐는데 아무 소리도 내지 않았으나 '끄응' 하는 신음이 들리는 것 같았다. 그녀의 몸은 무척이나 무거워 보였다. 저 아래 아득한 깊이의 홀이 있어

여차하면 빨려 들어갈 듯 현 선생은 저 혼자 거대한 중력의 지배를 받고 있는지도 몰랐다.

-커피 한 잔 드시겠어요?

에티오피아 예가체프 원두로 천천히 커피를 내리기 시작하는 현 선생의 분위기에 눌렸다. 하루 오전 한 잔의 커피가 카페인 최대 수용치임을 그래서 오늘은 더는 마시지 못한다는 말을 하지 못하고 나는 잠자코 기다리기만 했다. 똑, 똑. 종이 필터에서 커피가 떨어지는 동안 그녀는 창밖으로 시선을 두었다. 때마침 비까지 내리고 있었다.

전자칠판, 컴퓨터, 책상, 걸상, 원래가 일반 교실이었던 곳에 음악실이라는 팻말을 더했을 뿐이었다. 하지만 현 선생이 내 앞으로 커피를 가져다줄 때까지 여기가 마치 다른 점이 있다는 듯 연신 두리번거리는 것밖에 할 일이 없었다.

-음~ 좋은데요.

맛과 향을 잘 알지도 못하면서 고급이겠거니, 막연히 맛을 칭찬한 뒤 커피를 홀짝거리면서 내가 그곳에 간 이유를 곰곰이 생각했다.

음악실에서 신명 나던 장구가락 대신 잔잔한 클래식, 그것도 음울한 단조 가락이 흘러나왔고 벨기에산 초콜릿은 ABC 초콜릿으로 바뀌었다. 마침내 음악실로 가는 아이들의 뒤꿈치마저 무겁게 땅에 끌리는 걸 본 순간 우리의 일원 현 선생이 진정 걱정되었다.

막상 현 선생을 앞에 두니 상대의 안위에 대한 염려를 어떻게 전해야 하는 것인지 방법이 떠오르지 않았다. 카페인 일일 용량 초과로 오늘 밤은 하얗게 지새울 수도 있겠구나, 커피를 끝까지 마시면서 나는 무엇을 위함인지도 모를 때를 꾸준히 기다렸고 이윽고 단단해진 마음으로 현 선생을 찾아 시선을 돌렸다.

순간 나는 깜짝 놀랐다. 어느 틈에 꺼내 들었는지 현 선생이 기타를 들고 내 앞에 앉아 있었다. 그녀가 지그시 눈을 감고 내 동의 없이 노래를 시작했다. 현 선생은 자신이 찍는 영화의 주인공이자 동시에 열혈 관객 같아 보였다. 그것은 완벽한 도취의 상태였다.

신기하게도 그녀가 어떤 노래를 불렀는지 기억이 나지 않는다. 다만 기타를 치고 입을 벙긋벙긋 벌리던 모습만이 떠오르는데 그녀가 입을 벌리면 그 속에서 무엇인가 쑤욱 하고 빠져나오는 것 같았다. 팽팽하던 풍선에서 급속히 바람이 빠져나오듯 현 선생은 무엇인가를 토해냈고 어느새 탄성을 잃고 쭈글해진 현 선생의 얼굴은 볼품이 없어졌다. 기묘한 장면이었다.

현 선생이 노래를 마쳤다. 나는 짝짝짝 손뼉을 쳤던 것 같다. 하지만 금세 얼어버렸다. 그녀가 거친 호흡을 내뿜으며 갑자기

울음을 터뜨렸기 때문이다.

-진경 샘, 흐흐흑. 새벽녘에 눈이 떠지면 다시 잠을 잘 수가 없어요. 흐흑, 있잖아요. 우리 오빠가 참 좋은 사람이었거든요. 근데 내가 받기만 했지 그걸 몰랐어요, 오빠 마음에 병이 들어 있다는걸. 나는 매일매일 빌어요, 몰랐던 나를 용서해 달라고. 흐억, 고등학교에 다닐 때 중간고사를 마치면 다른 애들은 친구들이랑 놀았지만 나는 항상 그때 대학 다니던 오빠랑 영화를 보러 갔어요. 흐흑, 현실 남매니 하는 말 나는 모르고 자랐어요. 우리 오빠는 사랑이 넘치던 사람이었어요. 사 주고, 사 주고 또 사 주고. 나는 받기만 했어요. 그게 우리 오빠의 행복이니깐. 오빠는 가진 걸 다 날려버려서 죽은 것이 아니에요. 더 이상 줄 수 없어서 그런 거예요. 주는 것이 행복인 사람이, 이제 더 이상 줄 수 없으니깐. 주고 주고 또 주고, 흐흑.

현 선생이 몇 명에게나 이런 얼굴을 내보였을지 모르겠다. 그녀의 우울에 대해 이야기하는 사람이 많았다. 마음이 아려왔다. 현 선생은 슬픈 사람이었다.

나는 그녀와 우리로 묶이는 것에서 달아나고자 하였으나 현 선생에게서 뻗어 나온 슬픔의 줄기는 나에게 가깝게 다가오고 있었다. 나는 두렵지는 않았으나 거기에 휘감기고 싶은 마음은 없었다. 그래서 그녀를 위해서 무엇인가를 하고 싶다고 생각했는지 모르겠다. 나는 쭈글해진 풍선에 숨을 불어 넣고 싶었다. 아래로 잡아당기는 중력의 힘에서 그녀가 제발 자유로워지길 바랐다.

연구실에 놓인 홍시는 늦가을을 알려주었다. 상주에서 올라왔다는 특상품 홍시는 꾸준히 관리받은 부잣집 사모님의 피부처럼 품격 있는 광을 머금고 있었다. 그것 말고도 연구실 한쪽에는 장 도사에게 들어온 각종 공물이 어여쁘게 쌓여 있었다. 충청도 어느 명인이 만들었다는 약과와 친정어머니가 직접 쪄냈다는 호박설기, 아침에 막 갈아 온 수제 딸기우유 등 장 도사의 신실한 신봉자들은 쉼 없이 간식을 갖다 놓았다.

—이것 참, 맛이 좋네요. 다들 함께 먹어봅시다.

팔도에서 올라오는 진상품들을 맛보는 임금의 얼굴이 어디 따로 있을까. 식도락을 충전시킨 도사님의 행복지수는 가파른 상승곡선을 탔다.

—진경 샘. 요즘 통 현 선생이 보이지 않네요. 음악실에서 두문불출이라. 걱정인데, 이거.

나는 장 부장에게 엊그제 음악실에 다녀온 이야기를 하지 않았다.

먹을 것들이 남아돌아 홍시는 구석에서 며칠을 혼자 얌전히 앉아 있었다. 얇은 껍질은 아스라이 팽창하여 손톱이 살짝 닿기만 해도 연한 과육이 주르륵 쏟아질 것 같았다. 현 선생은 칩거를 이어갔고 우리의 일상은 여전했다.

-에, 거기에는 또 사연이 있어요.

자신의 이름을 누가 지어주었는지를 설명하기 위해 진주부터 일산, 다시 부산에서 인천까지 여기저기를 오르내리며 증조부에서 조부로 이어지는 지난한 가족사가 펼쳐지기를 한참이었다. 당시 십만 원이라는 거금을 들여 유명 작명가에게서 이름을 받아 왔다는 이야기의 종착역에 닿기까지 어림잡아 국토 한 바퀴 정도의 거리를 돌고 돌았다.

학예 행사 진행을 전달받기 위해 모인 연구실에서 장 부장의 썰은 도착지 없는 여로를 헤매고 있었다. 이야기는 중구난방, 가지를 쳐 나가는데 정해진 경로가 없었다. 햇살이 연구실 쪽창으로 들이닥쳤다. 재원의 얼굴이 시야로 들어오자 나는 부피와 무게를 더해가며 자라고 있는 욕망을 느꼈다. 파티션 너머에는 아무도 없었다.

-제 지인이 직장에서 아내를 만났지요. 딱 삼 개월이었을 겁니다. 한 달을 매일 만나고 두 달이 되자 상견례를 했어요. 그리고 예식장에 들어선 게 삼 개월째라는 겁니다. 뭐, 오래 만난다고 잘사는 것도 아니고 말이죠, 우리네 인생살이들이 그래요. 정

해진 법칙이라는 게 없단 말입니다.

-그런데요, 부장님.

나는 장 부장의 썰 한 가운데에 번개처럼 끼어들었다. 마치 이 순간을 기다리고 있었다는 듯이.

장 부장과 재원이 동시에 나를 보았다.

-마음을 온전히 내어준다는 게, 한 사람의 과거 시간을 공유하는 일이 그 짧은 시간 동안 가능한 걸까요?

둘이 동시에 자세를 고쳐 잡았다.

-내가 어떤 사람인지를 알려준다는 건 내가 겪은 일을 가감 없이 드러내는 것이잖아요. 예전에 꽤 오랫동안 만난 사람이 있었어요. 그 사람은 누구나가 인정하는 믿을만한 사람이었어요. 어느 면에서나 표준에 도달해 있는 건실한 사람 말이에요. 건강한 평범함, 평생 그것에서 벗어나 본 적이 없는 사람이었지요. 남에게 피해 주는 것을 혐오하고 남에 의해 해를 당하는 것 또한 용납하지 않았어요. 남과 나에게 기준은 공정했지요. 음, 여사친 하나 없이 정갈한 사람이었구요, 군 제대 후에는 온유한 양친에게 손 벌린 적도 없었어요.

-요즘 세상에서 보기 드물게 완벽한 남자네요. 결실까지 보셨더라면 좋았을 걸 말입니다.

-맞아요, 정말 좋은 사람이었지요. 어느 날 그 사람이 자기

친구 이야기를 들려주었어요. 부모님이 이혼하시고 각자 재혼하셨는데 아버지의 새로운 딸, 어머니의 새로운 아들 이쪽저쪽 모두와 왕래하며 지내는 변죽 좋은 녀석이 있다구요. 새어머니의 딸이 파는 보험에 들고 새아버지의 아들이 부탁해서 대출을 내어주고, 친구가 제 입으로 가족의 탄생이라 했는데 사실 양쪽 부모가 아주 애 하나를 벗겨먹고 있더라고, 참 한심하지 않냐고. 나는 정확히 어느 지점이 한심한 것이냐고 물어보고 싶었지만, 그냥 그렇다고 참 한심하다고 동조했어요. 그 사람은 그런 식으로 한심하다는 말을 자주 했어요. 개그와 예능 프로그램을 보고도 그랬고 뉴스를 보다가도 그랬어요. 그런데 그런 생각이 들었어요. 언젠가 시간이 흐른 어느 날에 그 사람이 나를 보며 당신 참 한심하다고 말할 것 같다는. 나에게 함부로 하는 사람도 아니었는데 말이에요.

내가 모처럼 말을 길게 해서 그런지 둘은 조금 숙연해졌다. 둘은 나를 바라보았지만 나는 더 이상 이야기를 이어 나가지 않았다. 재원이 먼저 연구실을 떠났고 뒤이어 천천히 장 부장이 일어섰다. 조금 뒤 내게 장 부장이 되돌아왔다.

나에게는 처음으로 정색했고, 말투는 은근했다.

−진경 씨, 끌리는 대로 행동하세요.

예언일까?

나는 연구실에 혼자 남아 한참 동안 홍시를 쳐다보았다. 이윽고 홍시를 잡았다. 들자마자 무너지기 시작하는 홍시에 얼른 입을 갖다 댔다. 입안이 연한 과육으로 가득 찼고 씹을 것도 없이 목구멍 안쪽으로 넘어갔다. 달콤함이 전신으로 퍼졌다. 나는 씩씩한 걸음으로 음악실로 향했다.

-현 선생님, 제가 이야기 하나 해드릴까요?

창백한 얼굴에 박혀 있는 그녀의 눈에서 반짝하고 빛이 지나갔다.

1

 한여름과 한겨울은 거리의 상인들에게 가혹했다. 나는 엄마를 통해 그것을 알았다. 여름은 사람이나 팔 것이나 쉽사리 상했다. 벌레와 쥐는 틈을 놓치지 않고 여기저기에서 출몰했다. 폭염으로 시장에 사람들의 발길이 뜸해지면 물러진 채소를 엄마는 생살을 도려내는 심정으로 내다 버렸다.

 그늘막이 있다 해도 허술했고 채소를 떼러 다니는 동안 한여름 강렬한 햇볕에 노출된 엄마의 양 볼에는 거멓게 기미가 올라왔다. 그 볼은 한겨울에 얼었다 녹기를 반복했고 종내에는 커다란 연지를 찍은 듯이 한가운데가 종일 빨갰다. 엄마는 얼어서 곱은 손을 무심결에 볼로 가져갔다가 얼른 내리곤 했다.

　그 가혹한 일터에서 엄마는 난생처음으로 타인에게 보살핌이라는 것을 받아보았다. 다 머리 긴 남자 덕분이었다. 남자는 얇은 파이프를 연결하여 틀을 잡고 그 위에 비닐을 덧씌워 흡사 투명한 개집 같아 보이는 구조물을 만들었다. 그리고 바람이 매서운 한겨울 엄마가 그 속에 들어가서 도라지 껍질을 까도록 했다. 발갛던 엄마의 볼이 거무죽죽하게 변하려고 하던 참이었다. 엄마는 남자가 만들어 준, 일종의 비닐하우스에서 겨울을 났다.

　살핌은 계속되었다. 남자의 가게에서 출발한 전선이 구불구불 엄마의 난전까지 이어졌다. 그 끝에 달린 콘센트에 플러그를 꽂아 여름에는 선풍기 팬을 돌렸고, 겨울에는 전기매트의 온도를 올렸다. 행인들의 발로부터 전선을 보호하기 위해 덧씌운 절연 테이프는 남자가 수시로 갈았다. 엄마가 앉은 앉은뱅이 의자 위의 도톰한 수제 방석도 남자의 솜씨였다. 어느 날은 쥐가 몰래 나타나 엄마가 구석에 놓아둔 콜라비를 갉아 먹고 떠나 못 쓰게 되었다. 남자는 엄마 주위에 끈끈이를 둘러주었고 엄마가 질색하기 전 끈끈이에 걸린 새끼 쥐를 들고 유유히 사라졌다.

　보살핌의 농도는 짙어졌다. 다른 난전의 여자들처럼 엄마도 끼니를 인근 식당에서 배달시킨 잔치국수나 시락국밥 같은 것으로 해결하고 있었다. 어느 날부터 남자가 둥그런 쟁반에 엄마가 먹을 밥과 반찬을 날라왔다. 솜씨는 여전했다. 남자는 나물, 계란 프라이, 김치볶음, 두부부침 같은 것들을 돌아가며 만들었다. 쌀을 씻어 밥을 앉히는 것은 가게 한 쪽에서 했다. 만들어 둔 반찬과 온기가 담긴 밥공기를 허기진 엄마에게 꼬박꼬박 배달했다. 난전에 앉은 여자들 중에서는 최고의 호사를 누리는 셈이었다. 그런 보살핌은 절에 드나드는 신자들 사이에서도 논란거리가 되었는데, 그러나 언제나 그랬듯이 엄마는 하늘 아래 한 점 부끄러움이 없었고 그건 남자 역시 마찬가지였다.

그때까지도 엄마와 아버지는 법적으로 부부였다. 그러나 두 사람은 부부도 아니고 그렇다고 남도 아닌 채로 아버지는 아버지의 집에서, 엄마는 그녀의 시장통 작은 방에서 각자의 삶을 살았다. 아이들을 가르치는 똑똑한 어른이 된 나는 여전히 엄마와 아버지 그리고 시장의 남자를 이해하지 못했다. 나는 어느 순간부터 그들을 이해하는 일이 불가능하다고 체념하고 있었을 것이다.

남들 보기 번듯한 직장에서 돈을 벌기 시작하면서부터 나는 엄마에게 장사를 그만할 것을 종용했다. 그것이 고단한 엄마를 위함이었는지 아니면 내적 수치에서 벗어나고픈 내 욕망을 위함이었는지 확실하지 않다. 하지만 엄마는 내 말을 듣지 않았다. 난전과 남자를 떠날 생각이 없었다.

해방을 향해 나아가는 엄마는 외적으로 매우 볼품없이 변하고 있었다. 내가 어린 시절부터 보아온 시장판 여느 아주머니, 할머니들처럼 시장 사람이 다 되어 있었다. 엄마의 허리는 딱딱하게 굳어갔다. 앉은 자리에서 일어나 바로 펴려고 노력해도 금방 꼿꼿하게 돌아오지 않았다.

엄마는 온 생을 던져 깨닫고자 하는 자였고 동시에 자신에게 내려진 예언을 실현할 용감한 해방 전사였다. 정직한 노동으로 인해 어느 정도 경제적 자립은 이루었지만 전사는 만성 요통에 시달렸고, 무심결에 팔을 쳐들 때 어깨가 찢어지는 고통으로 인하여 저절로 튀어나오는 비명을 속으로 조용히 집어삼켰다.

설득은 실패로 돌아갔지만 나는 적어도 엄마를 시장통의 누추한 사글셋방으로부터 구출하고 싶었다. 나는 남자친구에게 그러다 재벌이 되겠다는 빈축을 들어가며 악착같이 월급을 모았다. 나는 그에게 엄마가 시장에 나 앉아 있다는 말을 하지 않았다. 아버지나 시장의 남자에 대해서도 마찬가지였다. 그는 내가 어떤 사람들과 생을 함께하고 있는지 전혀 알지 못했다.

나는 마침내 전세 아파트를 얻는 데 성공했다. 허름했지만 엄마의 방보다는 훨씬 나았다. 그러나 노동의 동선이 길어지는 이유를 들며 엄마는 펄쩍 뛰었다. 나는 더 펄쩍 뛰었고 거취 문제로 엄마와 나는 만나면 계속 으르렁댔다. 큰아버지의 연락을 받은 것은 우리 모녀가 그러던 와중이었다.

I

 큰아버지가 얼씬도 못 하게 하였으므로, 아니 엄마 역시 나타날 생각이 없었기 때문에, 장례 지도사가 늘어놓는 선택지들은 내가 결정해야 했다. 하지만 의사결정을 할 능력을 상실한 나는 큰아버지를 의지했고 그가 이끄는 대로 따라갔다.
 경찰을 만나고 부검을 마친 시신을 찾아오는 일부터 큰아버지가 맡았다. 그리고 고인이 입는 옷, 고인이 하루에 세 번 먹는 밥, 단을 꾸미는 꽃의 규모 등 장례 지도사와 의논하고 대금을 결제하는 일도 큰아버지가 다 했다. 아버지가 큰아버지를 평생 짝사랑한 이유를 알 것 같았다. 그는 믿을만한 어른이었다. 큰아버지는 내가 일찍이 어른에게서 보지 못했던 안정감을 내뿜으며 일을 수습해 나갔다.

　조용한 장례식이었다. 아버지를 보내는 일에 처음부터 끝까지 엄마는 배제되었다. 나 역시 큰아버지 앞에서 죄인이 된 기분을 떨치기 힘들었다. 큰아버지는 일가친척에게 연락을 돌리지 않았다. 큰아버지는 내게 꼭 불러야 할 사람이 있냐고 물었다. 내가 만나고 있던 남자의 얼굴이 잠시 떠올랐지만 이내 도리도리 고개를 저었다.

　-조용히, 조용히 하자구. 수선 떨지 마.

　장례식장에 큰어머니가 울음을 쏟아내며 들어서자, 큰아버지는 나지막이 읊조렸다.

　-학교에는 어떻게 알렸니?

　나는 쉽게 대답을 하지 못했다.

　-… 심장마비라구요.

　-잘했다. 굳이 그럴 것 없다. 사회생활 하는 사람이.

　학교 사람들이 문상을 왔을 때도 큰아버지가 나서 손님을 맞았다.

　-진경이 큰아버지 됩니다. 진경 엄마는 갑작스러운 상황으로 몸이 좋지 않아 제가 들여보냈습니다.

　교장 선생님이 상주인 내 손을 잡은 채 옆에 서 있던 큰아버지와 인사를 나누었다.

-이것 참, 아니 어쩌다가.

-제수씨가 아침에 보니 그만. 미처 손쓸 새도 없이 밤사이, 그렇게 조용히 떠났나 봅니다.

아버지의 죽음을 처음으로 목도한 사람은 큰아버지 자신이었다. 제사에는 빠진 적이 없던 동생과 연락이 닿지 않아 직접 찾으러 갔었다. 교장 선생님은 더는 묻지 않고 나를 꼭 안아주었다.

장례식장에서 이틀 밤을 지내고 나는 큰아버지가 운전하는 차에 몸을 실었다. 그저 멍하니 창밖을 바라보았다. 조용한 바다가 나지막한 산새와 어우러진 촌구석의 꼬불꼬불한 그 길이 드라이브 코스로 나쁘지 않다는 생각은 요즘에서야 해보는 것이다. 그때는 바다며 산이며 하는 것들은 하나도 눈에 들어 오지가 않았다. 며칠 만에 멍청해진 나는 그야말로 천치 상태가 되어 있었다.

선산에 도착했다. 산의 입구는 곳곳에 잡풀이 우거져서 주차할 만한 데를 찾는 것이 쉽지 않았다. 큰아버지는 능숙한 솜씨로 수풀이 자욱하게 우거진 땅 귀퉁이에 차 머리를 쑥 밀어 넣었다. 큰아버지의 세단 말고도 다른 차가 두어 대 더 있었다. 산을 오르면 할아버지와 할머니의 묘가 나란히 있고, 두 개의 묘 둔덕이 끝나는 아래쪽에 큰아버지의 부름을 받은 인부들이 이미 땅을 골라놓았을 것이다. 다가올 폭염을 앞두고 잠시 숨 고르기를 하는 여름 오후에 나는 아버지의 유골함을 들고 큰아버지의 뒤를 따라 구불구불한 산길을 오르기 시작했다.

고요한 여름 산, 모인 사람은 많지 않았다. 침묵한 사람들 틈에 시커먼 산모기 떼만 예고 없던 잔치에 신이 났었다. 제를 올리기 위한 과일과 떡은 미리 와 있던 큰어머니가 준비해 두었다. 유골함이 올라오자, 큰어머니가 허리를 크게 꺾으며 울음을 터뜨렸다. 큰어머니는 눅진한 여름 공기 속에 애끓는 흐느낌을 퍼뜨렸다.

나는 땅속으로 들어가는 아버지의 유골함을 멍하니 바라보았다.

-흡… 크헙.

옆에 있던 큰아버지가 울고 있었다. 큰아버지는 큰어머니처럼 울음을 토해내지 않았다. 마치 멀미 난 사람이 속수무책으로 속에서 쏟아져 나오려는 토사물을 애써 참고 있는 모양으로 터져 나오려는 울음을 안으로 꾸역꾸역 밀어 넣고 있었다. 여전히 멍청했던 나는 그들처럼 아버지를 제대로 애도하지 못했다. 큰아버지의 갑작스러운 연락으로 시작된 장례는 산에서 그렇게 마무리되었다.

상을 마치고 학교에 돌아갔다. 위로의 인사가 한동안 이어졌다. 나는 사람들이 나의 비극을 빨리 잊어주길 바랐다. 누군가의 돌연사 소식이 전해지면 사람들은 내 기색을 살폈다. 심폐소생술만 잘 받았어도 살릴 수 있었을 텐데, 라는 말을 무심결에 하다가 아이코, 내 눈치를 봤다.

나의 아버지는 심폐소생술을 받아도 절대 살아날 수 없었지만, 나는 동조의 침묵을 택했다. 내가 아무 말도 하지 않고 있으면 사람들은 다른 화제로 넘어갔다. 큰아버지의 말대로 사회생활을 하는 사람은 자살한 아버지보다는 돌연사한 아버지를 두는 편이 나았다. 나는 침묵으로 내 거짓말을 지탱해 나갔고, 학교에서 구설에 휩싸이지 않고 태연히 살아갔다.

현 선생은 되살아났다. 내가 음악실을 다녀간 후부터 그렇게 되었다. 그녀는 통통거리며 학교 곳곳에 나타났다.

-있지요, 그거 알아요?

처음에 사람들은 그녀가 전하는 이야기에 심드렁한 반응을 보였다. 하지만 근데, 이거 우리 학교 선생님 이야기예요, 라고 현 선생이 속삭였을 때 피로해진 눈은 반짝이며 빛이 났고, 누구인지 되물었다. 얼굴 모르던 이를 이니셜 뒤에 숨겨주었던 섬세한 성정은 우울했던 음악실에 버려두고 왔는지, 현 선생은 이야기의 주인공이 김진경이라고 말했다.

현 선생이 전하는 이야기는 다소 우울했을 것이다. 그녀는 나의 아버지가 엄마에게 어떤 방식으로 폭력을 가했는지에 대해 말했다. 시장에서 내 어머니가 한 노동을 설명했고 또 마지막으로 거짓으로 치렀던 내 아버지의 장례식에 관해서도 이야기했다. 나는 현 선생으로 인하여 떠도는 이야기 속의 주인공이 되었다.

-사실이야.

나는 재원이 궁금해할 것이라 여겼기 때문에 그가 묻기도 전에 답해주었다. 현 선생이 이야기한 건 그녀가 써 내려간 망상이 아니라고.

-다른 사람들에게도 그렇게 말할 건가요?

-물어보면… 누가 물어보면 대답해야지. 사실이라고.

-왜요?

-사실이니깐.

나는 다른 사람들에게도 재원에게 한 말을 그대로 했다.

-진경 샘에게 직접 들었다는데 그게 사실이야? 이거 현 선생이 지어낸 이야기면 가만히 있으면 안 되는 거야, 응?

-사실입니다. 제가 현 선생에게 이야기했어요.

그들은 당혹스러움을 숨기지 못했다. 그렇게 학교가 술렁이는 그 며칠 동안 희영은 꽤 기분이 좋아 보였다. 자신감 넘치는 희영의 얼굴을 보고 나서 그녀에게 현 선생과 나는 확실한 저들이 되었음을 알았다. 그리고 깨달았다. 예전의 나처럼 희영 또한 평범을 갈망하는 평범한 사람이며, 어린 내가 그랬던 것처럼 평범하지 못한 것을 소화하기엔 그녀의 위장이 아직 단단히 여물지 않았다는 것을.

나는 재원과 깊고도 짙은 이야기를 나누고 싶었다. 전해 듣는 소문으로서가 아니고, A나 B도 아닌, 나의 이야기를 들려주고 싶었다. 나는 그가 내가 좋아하는 그의 얼굴로, 담담하고도 안온한 표정으로 나를 맞아주길 기다렸다. 그러나 그러기도 전에 학교는 다시 시끄러워졌다. 이번에는 나와 재원이 함께 어안이 벙벙해진 채로 갑작스럽게 벌어진 상황을 주시해야 했다.

여자와 남자 각 한 명이었고 성별은 달랐지만, 인상은 닮아 있었다. 하는 일이 인상을 만드는 건지 아니면 누구의 말처럼 관상은 과학이라 인상에 따라 운명이 결정되는 것인지 모를 일이었다. 여자는 무테, 남자는 뿔테 안경을 썼는데 이 점은 이들이 더 차가워 보이게 만드는 데 일조하였고 교장은 자신보다 한참 아래 연배의 두 사람을 어려워하며 맞이했다.

교장과는 간단한 통성명이 다였다. 보건실 옆에 붙은 상담실에 자리를 튼 두 사람은 곧 노트북으로 학교 업무 네트워크에 접속했고 장 부장이 시스템에 남긴 흔적을 훑었다. 일단은 그러했다.

―아이고, 별일이 다 있네.

―나 역시 살면서 처음이다.

―누가 그랬을까, 동료가 동료를 치다니 무서운 세상이다.

학교의 누군가가 교육청 감사실에 투서를 넣었는데 거기에는 장 부장이 학교에서 저지른 짓들을 고발하는 내용이 담겨 있고 그의 과실에 대한 감사를 요청했다고 전해졌다.

파견된 감찰원 두 명은 이내 면담을 빙자한 취조에 들어갔다. 학교 내 이모저모를 관장하는 사람이라는 명목으로 먼저 교무가 불려 들어갔다. 교무는 검지로 안경을 올리는 여자의 앞에 죄인처럼 앉아 있었다.

―장 부장이 장 도사로 불렸던 상황에 관해 설명해 주시겠습니까?

―에, 그게 말이죠. 그 사람이 좀 남다르게….

―명확하게, 또 구체적으로 설명해 주시겠어요?

―에, 그게 말이죠.

교무는 에둘러 핑계를 대며 빠져나오려고 했지만, 교육청으로 날아든 투서에는 이미 교무가 장 부장의 전횡이 시작되도록 물꼬를 텄다는 말이 있었고, 하여 그는 안경 너머로 날카로운 시선을 쏘아 보내고 있는 두 사람에게 오피스텔 분양권 이야기를 들려주지 않을 수 없었다.

-그런데 이게 학교 일은 아니지 않습니까? 이게 제 개인사에 관한 내용이고.

-바로 그게 더 문제입니다. 공적인 기관인 학교에서 어째서 개인의 이익에 대한 말들이 오고 가는 거죠?

-에, 그게 말이죠. 저 같은 경우는 따지고 보면 이익을 본 일이 없어요. 전 오피스텔 분양권을 사지 않았을 뿐입니다.

-그건 이익을 본 사람이 있다는 말로 해석해도 될까요?

그 후로, 주식으로 돈을 번 사람과 아파트 분양권을 사게 된 사람들이 줄줄이 불려 들어갔다. 사람들은 차마 교장, 교감의 이름을 대지는 못했고 자신이 아는 한에서 만만한 누군가의 이름을 하나 던져주고 취조실을 빠져나오는 데에 안간힘을 썼다. 조사를 시작한 지 반나절이 지났을까 감찰원은 몇 명을 제외한 거의 모든 직원이 소위 장 도사라 불리는 이상한 남자와 크고 작든 사적인 접촉을 이어가고 있었음을 밝혀냈다.

그런 일들이 일어나는 동안 장 부장의 교실을 찾아가는 이는 아무도 없었다. 손님들이 끊이지 않았던 그 교실에 정적이 맴돌았다. 장 부장은 조사를 받고 나온 그의 신도들에게 다음과 같은 메시지를 보냈다고 한다.

제 부덕으로 말미암아 어수선해진 학교입니다. 봄이 가면 여름이

오고 여름이 가면 가을이 옵니다. 그리고 가을이 가면 겨울이 옵니다. 무릇 그러함으로 받아들이시길 바랍니다.

내가 아는 예언자들은 초지일관 고상하고 거룩한 말과는 거리가 멀었다. 그러나 그런 내 생각과는 달리 학교 사람들은 장 도사가 과연 예언자다운 비범한 면모를 지녔다고 평했다. 박해 과정을 핑계 삼아 장 도사를 이곳의 전설로 만들기라도 하려는 걸까, 나는 고개를 갸우뚱거렸다.

감찰원은 조사 과정에서 피할 바 없이 자잘한 사연들을 마주해야 했다. 대부분 구차하거나 구질구질했다. 그들은 이지적인 인상에 걸맞게 냉정한 태도로 사무를 끝냈다. 그들이 작성한 첫 번째 보고서는 교육청 상부의 퇴짜를 받았다. 교육청에 접수된 이상 이들이 돌아가 제출할 보고서는 공기관 관계자가 원하면 열람할 수가 있었다. 교육 공무원들의 수치가 아닐 수 없는 이 사안을 문서 기록물로 남겨 열람하도록 둘 수 없다는 것이 상부의 판단이었다.

감찰원은 다시 업무시스템에 접속했다. 참빗으로 머리를 긁어 이를 훑어내듯 장 부장에 관련된 기록을 다시 샅샅이 긁기 시작했다. 그리고 걸려든 건 대강 다음과 같았다. 장 부장은 졸업앨범 안건을 운영위에 심의받지 않고 업체를 결정했다. 그리고 수학여행 사전 답사에서 여행지 몇 곳을 누락시켰다. 또 연수 참가를 위한 출장에서 참가 명부에 사인을 하지 않았고 근태가 불명확했다. 장 부장이 했던 온갖 예언들은 보이지 않는 말의 형태였으나 시스템 곳곳에 남겨놓은 구멍은 눈에 보이는 여실한 증거물들이었다. 두 번째 보고서는 수월하게 작성되었다.

그들은 증거를 들이대며 장 부장을 추궁했다. 그러나 그는 일찍이 그들이 보아왔던 피감찰자들과는 달랐다.

-이봐요, 아이들 수학여행에서 터럭 하나 다치지 않고 무사히 돌아왔어요. 문제 상황이 발생했습니까? 그리고 졸업앨범 업체에서 내가 십 원이라도 받아 챙겼으면 내 부모가 주신 성을 갈 거요. 도대체 당신들 뭐 하는 사람들이요? 죄를 찾겠다는 거요, 만들겠다는 거요, 에?

장 부장은 두툼한 손으로 탁자를 탕탕 두드렸다.

당당하게 변론을 펼치는 장 부장에게 이들은 할 수 없이 투서에는 제대로 처벌이 이루어지지 않으면 상위 기관이나 언론에 할 것 없이 남사스러운 학교 사정에 대해 모두 까발리겠다는 으름장이 들어 있다고 털어놓을 수밖에 없었다. 대대적인 우사를 당하든지 아니면 깨끗이 떠나던지 둘 중 하나를 선택하라는 말을 함께 덧붙이며 얼른 이 건을 종결짓고 싶어 하는 윗선의 의중을 내비쳤다.

감찰원과 학교 관리자들이 원하는 건 장 도사가 학교에서 즉시 사라지는 것이었다. 전보 발령까지 남은 날은 병가를 쓰도록 권고되었다.

-운수 사나운 일이 생길지 알고 있었을까?

-글쎄, 무당도 지 팔자는 모른다던데.

-그나저나 저기 어디 외곽이 될 것이라던데, 어디로 가려나? 너무 멀지 않았으면 좋겠는데.

-왜, 또 찾아가려고?

-못 갈 법도 없지.

마지막으로 예언자는 교장을 찾아갔다. 그러나 교장은 그를 만나주지 않았다. 교장의 외면 역시 가을이 가고 나면 겨울이 오는 그런 일 중 하나였을까. 장 부장은 두말없이 자신의 교실로 올라가서 짐을 싸기 시작했다. 마지막까지 품위를 잃지 않았다는 여론이 지배적이었고 과연 예언자다운 퇴장이었다.

교실 정리를 하는 데 있어 재원과 나의 도움을 끝내 거절했다. 우리는 어정쩡한 표정으로 서 있다가 인사만 꾸벅하고 나왔다. 나는 그날 늦게까지 퇴근을 하지 않았다. 그것이 내가 보여줄 수 있는 마지막 예의라고 생각했다. 그러는 바람에 장 부장은 지극히 인간적인 면모를 바로 옆 교실의 나에게 들키고 떠났다.

-쌍놈의 새끼, 감히 날 고발해? 그 새끼가 저번에 나를 보고

빈정거렸어. 남자는 늙으면 양기가 입으로 오르는 것이냐고, 고새끼가 분명해. 아니다, 4학년 최 부장이 교회에 아주 열심히 거든. 그놈은 한 번도 나에게 온 일이 없지. 아니다, 아니야. 2학년에 정 선생이 왜 자기한테는 주식 안 찍어주냐고 투덜댔는데 그 모양새가 영 께름칙하더니. 에이, 개놈의 새끼들. 그러니깐 기껏 그 모양. 딱 간장 종지만 한 인간들. 선생질이 딱이다, 딱이야.

장 부장은 전화기를 붙들고 길길이 날뛰고 있었다. 나는 그 모습을 조용히 혼자서 감상했다. 내 인생에는 두 명의 예언자가 있었다. 그들은 매우 달랐지만, 자신의 몫으로 떨어진 삶의 숙제를 해결해야 하는, 땅에 두 발을 붙이고 살아가는 인간일 뿐이라는 점에서는 닮았다고 생각했다.

나는 다음 주인을 기다리고 있는 빈 교실에 들어가서 우두커니 서 있어 보았다. 그리고 폭격을 맞은 듯 어지러웠던 2월의 교실을 추억했다. 체육복, 색지, 커피믹스…. 정렬의 카테고리를 벗어난 잡다한 물건들이 쑤셔 박힌 입 벌린 박스를 떠올렸다.

그가 떠난 지 얼마 지나지 않아 찾아온 향수는 장 부장의 어지러운 공간에서 내가 느꼈던 알 수 없는 해방감에 대한 그리움임을 쓸쓸하게 인정하는 바이다. 먼지와 쓰레기 그리고 너저분한 짐들로 어수선했던 그의 교실을 추억했다. 학교에서 여기 한 군데만큼은 어지럽고 더러운 채로 방치되어도 좋았다. 일 못하는 모지리 장 부장 시절에도 실은 문제 될 게 하나 없었다고, 모두의 생은 장 도사가 내리는 예언이 없이도 실은 잘도 굴러갔다고, 아무도 관심 두지 않는 증언을 빈 교실에서 홀로 뱉어보았다.

I

 어렸을 적 학교에 있는 시간을 제외하면 나는 엄마와 대부분의 시간을 함께 보냈다. 나는 돌멩이를 쥐어 들고 골목길 바닥에 땅따먹기 선을 그렸다. 새겨진 선 위에서 콩콩콩 혼자서 뜀박질을 했다. 뛰고 돌아오길 반복하면 시간이 금방 갔다.
 하늘에 짙은 주황빛이 번지면 나는 기진맥진하여 땅바닥에 그대로 주저앉았다. 그리고 옆에서 우두커니 나를 보고 있는 엄마의 눈치를 살폈다. 구운 도자기 인형같이 엄마에게서는 숨소리가 들리지 않았다. 하얗게 빚은 도자기에 검정 파스텔로 둥글게 슥슥 그은 것 같은 눈썹이 꿈틀하고, 참았던 더운 김이 새어

나오느라 마침내 엄마의 입이 가늘게 열리면 나는 목을 앞으로 쭉 내밀며 엄마가 무슨 말을 할지 기다렸다. 엄마가 아빠에게 맞은 날이면 엄마의 눈치를 살피는 일은 나의 중요 일과였다.

나는 엄마 앞에서 명랑하고 싶었다. 나의 명랑이 엄마가 불행을 잠시나마 잊는 데 도움을 줄 수 있을 거라고 생각했다. 나에게 즐거운 곳이 엄마에게도 그러하리라 생각했고 나는 놀이터로 엄마를 끌고 갔다. 그곳에서라면 엄마도 함께 명랑할 수 있을 것 같았다. 길에서는 신이 나야만 했다. 공연히 한번 빨리 걸어보기도 하고, 일부러 천천히 걷기도 하며 엄마를 따라잡다가 반대로 따라잡히기를 몇 번 반복했다.

엄마에게 새처럼 날아오르겠다가 아니라, 새처럼 앉아 보이겠다고 하였다. 엄마가 그 말의 뜻을 짐작해 보고 있는 사이 이미 나는 양 팔로 골반 정도까지 오는 철봉을 꼭 쥐었고, 폴짝 한쪽 다리를 들어 올린 다음 곧 다른 다리도 재빨리 당겨 올려 철봉 위에 쪼그리고 앉았다.

나뭇가지 위에서 새초롬한 표정으로 유유히 앉은 새 한 마리를 연상케 하는 잠깐의 시간이 지나고 나서 내 눈앞에 나타난 것은 까만 어둠이었다. 엄마가 흙바닥에 얼굴을 처박고 있던 나를 일으켜 세웠다.

−으… 으… 으.

얼굴 여기저기에 묻힌 흙 위로 곧 붉은 피가 솟아올랐다. 엄마는 내 모습에 대경실색했고 얼굴에 흉이라도 남지 않을까 한참 동안을 노심초사했다. 상처는 매우 더딘 속도로 아물어 갔다. 데인 듯이 패이고 허물어진 살은 더러우면서도 참혹했다. 가장 심한 곳은 코 아래였다. 누렇게 허물어진 얇은 막 아래로 붉게 뭉개진 살은 조금씩 검붉은 갈색으로 변했고 겨우 앉은 딱지는 그 후로도 한참을 갔다. 그러는 동안 엄마가 나를 걱정을 하는 것이 좋았다. 적어도 내 상처가 아물기 전까지는 아무 일이 일어나지 않을 것 같았다. 나는 엄마가 남자의 절에 가는 대신 나와 함께 계속 명랑했으면 했다.

날개미 소동 후 며칠 동안 내 꿈에는 날개미가 나왔다. 한쪽 벽에서 떼를 지어 있는 그것들은 점점 영역을 확장하여 온 방을 뒤덮었다. 꿈에는 잠시 얼굴만 비추었다가 돌아가는 아버지나 슬픈 얼굴의 어머니가 나오지 않았다. 다만 다리를 어깨너비로 벌리고 의연하게 서서 살충제를 방사하고 있는 엄마의 비장한 뒷모습만 보였을 뿐이다.

잠에서 깬 나는 한참 동안 방 구석구석을 뜯어보며 의심의 눈초리를 거두지 않았다. 만약 그 끔찍한 것들이 다시 이 방에 출현한다면 이번엔 엄마 대신 내가 씩씩하게 죽여보겠다고 다짐을 했다. 하지만 날개미 한 마리가 도륙된 제국의 마지막 패잔병처럼 방바닥 한가운데에 나타나 외로운 발걸음을 옮겼을 뿐인데도 나의 심장은 자제력을 잃고 소란스럽게 요동쳤다.

코 밑의 상처가 다 아문 나는 엄마를 잡아끌고 만화방으로 갔다. 고개를 아래로 박은 시커먼 중고등학생들 사이를 모녀가 총총 지나갔다. 어른에게 잡혀가는 어린이는 있어도 어른을 데리고 오는 어린이는 없었기에 만화방 아르바이트생은 그런 우리를 이상하게 바라보았다. 나는 엄마에게 내가 좋아하는 만화를 소개해 주었다. 소파 앞 테이블에 탑처럼 쌓아 올린 만화책의 높이가 반쯤 줄어들었을 때 나는 컵라면에 뜨거운 물을 붓고 면이 채 퍼지기도 전에 뚜껑을 떼서 깔때기 모양으로 접었다. 꼬들한 면발을 후루룩거리던 나는 조용한 엄마가 만화를 읽지도 컵라면을 먹지도 않는 것을 알았다. 초조해졌다.

-엄마, 앞으로 이 만화에서 전개될 이야기는 내가 다 알아. 아마 여기 이 잘생긴 남자는 느끼한 눈빛을 마지막 장이 넘어갈 때까지 '나는 아무것도 몰라요.' 하는 여주인공을 향해 쏘아댈 거야. 한쪽 손은 호주머니에 집어넣은 채 온갖 똥폼을 잡고 서서 고독한 얼굴로 출생의 비밀을 털어놓을지 몰라. 둘 사이를 시기하는 것들에 의해 몇 차례 오해를 주고받겠지만 절대 걱정하라 필요는 없어. 어차피 진한 키스를 하며 사랑을 확인하는 것으로 끝이 날 테니깐.

-맨날 똑같은 이야기인데 그게 왜 보고 싶은 거야?

-그러게, 그래도 재밌네. 엄마도 한번 봐, 응?

엄마가 만화방에 나를 따라간 일이 그 후로는 없었다. 아무래도 내가 명랑을 추구하는 방식에 대해 엄마는 동의하지 않는 것처럼 보였다. 나는 불안했다. 엄마가 말이 없어지는 날에는 꼭 그녀가 아빠가 없는 곳으로 영원히 도망을 갈 것 같았다. 이지적인 인간이라고 자부하던 내가 엄마를 따라 남자의 절에 끝까지 다닌 이유는 바로 이런 두려움 때문이었다. 나는 아버지가 집에 있는 집에 혼자 남겨지는 것이 너무도 무서웠다.

열다섯 평의 아파트 안, 내가 쓰는 살림살이는 단출했다. 오래된 아파트 외벽의 갈라진 틈, 터덕거리며 천천히 올라가는 좁은 엘리베이터 속 쿰쿰한 냄새, 개의 것인지 사람의 소행인지가 묘연한 아파트 복도 구석 오줌 자국들. 그것들이 뿜어내는 궁색한 기운들을 적어도 내 공간 안에서만큼은 용납할 수 없었기에 나는 청소에 매진했다. 흔한 액자나 인형 하나 없는 거실이었다. 그래서 공간이 더 넓어 보이는 착시 효과가 있었다. 엄마가 들어오기 전까지는 그랬다.

아버지의 장례를 치르고 나서 엄마는 스스로 장사를 접었다. 그리고 내가 그간 핏대를 세우며 설득했던 대로 사글셋방을 정리하고 내가 마련한 공간으로 옮겨왔다. 엄마는 집에 자꾸 무엇인가를 쟁여놓으려고 했다. 그건 대용량으로 사야 싸다는 소비 철학 때문이기도 했다. 제품 홍보 방송에 불과한 건강 정보프로그램을 엄마가 유심히 보고 있으면 며칠 뒤에는 또 무엇인가가 잔뜩 배달되었다.

엄마는 내 기색 살피는 일을 열심히 했다. 피붓결이나 체중은 물론이고 얼굴에 난 뾰루지 하나도 허투루 보지 않았다. 턱은 생식기와 연결되어 있다는 텔레비전 속 닥터의 말을 인용하며 자궁을 데워준다는 생강 엑기스 한 스푼을 내 컵에 털어 넣었다. 그러면 나는 엄마 몸이나 신경 써, 하며 먹기 싫은 투정을 부렸다. 그렇게 우리는 보통의 날을 보냈다.

나는 성실하게 출근했다. 그리고 엄마는 그 옛날의 나처럼 명랑해졌다. 엄마는 등산로에서 마주친 아저씨의 옆구리에서 소리가 흘러나오는 것을 유심히 보아두었다가 똑같은 물건을 구해 식탁에 올렸다. 담배 한 갑 크기의 소리통에서 쉼 없이 나오는 트롯 가락은 청소기 돌아가는 소리, 설거지하는 소리와 더불어 작은 공간을 꽉 채웠다.

한 날은 굉장히 상기된 얼굴로 퇴근한 나를 맞이하였다. 엄마는 커다란 비닐봉지 하나를 가져왔는데 그것은 지난날 그녀가 시장에 끌고 다녔던 비닐 자루를 연상하게 했다. 하지만 그 속에서는 뜻밖의 물건이 나왔다.

―이게 백화점에 납품하는 밍크란다. 어찌나 조심스럽게 데리고 가서 보여주는지 꼭 북한에서 내려온 간첩 같더라. 몰래 몇 장 빼 와서 파는 거라 찝찝하긴 하다만 눈 한 번 질끈 감았다. 이게 얼마인지 아니? 단돈 오십이다, 오십. 그 돈에 밍크 한 벌이면 거저가 아니고 뭐겠니. 어떠니? 나도 좀 부잣집 사모님 같아 보이니?

엄마는 설빔을 해 입은 꼬마 아이처럼 내 앞에서 팔을 벌려 뱅그르 한 바퀴 돌았다. 진갈색 털 몇 가닥이 사뿐 날아올랐다가 금방 바닥으로 내려앉았다.

승합차 트렁크에 가짜 밍크코트를 싣고 어리숙한 중년 여성을 골라 접근하는 사기꾼에게 걸려든 엄마에게 나는 사실을 고하지 않았다. 나는 엄마의 명랑을 방해하고 싶지 않았다. 나의 가장된 태연함과 엄마의 가장된 명랑함, 우리는 서로의 것을 인지하고 있었지만 내색하지 않았다.

엄마의 위염은 점점 악화되었다. 식사를 마치는 데는 아주 오랜 시간이 소요되었다.

―텔레비전을 보니 천천히 오래 씹는 게 건강에 좋다고 하더구나.

저작운동은 가늘고 길게, 끊어질 듯 위태롭게 천천히 이어졌다. 그렇게 밥과 반찬을 입안에서 죽이 될 때까지 바수어 내지 않으면 위는 음식물을 받아내지 못했다. 세상에는 산해진미들이 늘어났지만 조금이라도 간이 센 것을 먹으면 온종일 몸을 뒤틀어 내야 하는 엄마는 그것들의 맛을 알지 못했다. 나는 쉽게 잠을 이루지 못했다. 아무 기척이 없는 깜깜한 밤에 홀로 눈을 뜨고 있는 일은 괴롭기 짝이 없었다. 그건 벌 받는 것과 다르지 않았다.

누운 채로 가만히 눈물을 흘릴 때가 있었다. 가끔 나는 눈물의 의미에 대해 생각했다. 눈물은 슬플 때 나오는 것인데 나는 슬픈 것이 맞나, 그것이 확실한가. 어떤 때는 울음이 고삐 풀린 채 터져 나올 때도 있었다. 고요한 밤 소리가 새어 나가지 않게 한참을 끄억끄억대고 있노라면 내가 울음을 차라리 다행스럽게 여기고 있는 것은 아닌지, 그래서 내가 이 상태를 즐기고 있는 것은 아닌지 그럼 끔찍한 생각이 들었다. 그러면 얼른 눈물이 뚝 그쳐졌다. 나는 여전히 아버지를 애도하는 일에 서툴렀다. 내 슬픔은 갈팡질팡, 길을 잃고 있었다.

엄마는 텔레비전을 크게 틀어놓았다. 주말 오후에 트로트 메들리가 작은 거실을 가득 채우면 나는 짜증이 치솟았다. 건강식품, 밍크코트, 흥겨운 노래로 이어지는 명랑이 가짜임을 나는 벌써부터 간파하고 있었다.

-볼륨 좀 낮추어 줘.

내가 싸늘하게 말하면 아이고… 하며 엄마는 텔레비전을 아예 꺼버렸다.

나는 엄마가 이명에 시달리고 있다는 걸 몰랐다. 엄마의 귓가에는 철모르는 매미 한 마리가 붙어서 종일을 쐐 애- 하고 울고 있었다. 엄마는 소리로 머리가 터질 것 같았고 소리를 소리로 덮기 위해 소리통도 사고 텔레비전 볼륨도 올렸다. 그래도 우리는 서로 고통을 이야기하지 않았다. 자신이 얼마나 힘든지 서로에게 호소하지 않았다. 아버지의 죽음으로부터 자신을 면책하지 않은 채 각자의 시간을 방관했다. 명랑은 대상을 잃은 채로 저 홀로 멀뚱히 우주 어딘가를 떠돌고 있었다.

겨울이 가고 봄이 오듯이 그런 일이었을까. 장 도사가 가고 장 박사가 왔다. 예언자를 보낸 사람들은 앞날을 알 수 없는 일상으로 빠르게 돌아왔다. 그리고 그 사람의 성이 왜 하필 장 씨인가에 대해 역시나 아무도 답을 내놓지 못했다. 인생에 놓이는 의아한 일들을, 일찍이 그래왔듯이 우린 그저 묵묵히 바라볼 뿐이었다.

장 박사는 전임자를 비난하는 말을 자주 하지는 않았다. 그래도 가끔 미간을 잔뜩 좁혀 불쾌감을 드러냈다.

-이거 사흘을 치웠는데도 쓰레기가 나와요. 애들은 스스로

책을 펴는 일이 없고.

모든 것이 정상으로 돌아오고 있었다. 교실의 새 주인은 매일 물티슈 두 장으로 먼지를 닦아내고 정해진 곳에 볼펜을 꽂았다. 그리고 교과서와 지도서는 책꽂이에 다시 일렬횡대로 줄을 섰다.

공석을 채우기 위해 부임한 사람은 연수원에서 연구직으로 파견 근무를 갔다가 학교로 복직한 자였다. 교육공학과 교육행정에서 박사학위를 두 개나 가지고 있는, 보기 드문 재원이었다. 게다가 공교롭게도 나와 나이가 같아 학교에는 서른일곱의 우리가 한 명 더 늘어난 셈이 되었다. 다행인지 불행인지 그는 같은 나이라는 이유만으로 나에게 친밀함을 표하며 다가오는 타입은 아니었다.

연이은 장 씨의 출현으로 인하여 나는 다중 유니버스를 체감하는 기분이 들었다. 장 도사와 장 박사의 우주는 달랐다. 그렇지만 장 도사가 제 세상에서 왕이었듯이 장 박사도 그랬다. 그 역시 처음부터 거칠 것 없이 몰아붙였다.

나이스 시스템을 관장하는 것이 그가 학교에서 맡은 공식 업무였다.

성실하고 예의 바름-어미 수정요 '.'

우리 반 전출생의 생활기록부 입력을 끝냈음을 알리는 메시지를 그에게 보낸 후에 내가 받은 답신이었다. 메시지가 무엇을 의미하는지 해석하는 데 한참이 걸렸다. 하이픈 뒤의 문구는 외계인이 보낸 신호 같았다. 문장 끝에 마침표를 찍는 것이 빠졌다는 단순한 말을 꼭 그렇게 해야 했을까. 어미 수정요 '.'라고 표현하는 방식이 내게는 상당히 불편했다.

그는 활동반경을 학년에서 전교로 점점 확대해 나갔다. 수정요의 메시지를 받아 든 사람들은 자신이 마침표처럼 작고 동그랗게 쪼그라들어 어딘가에 찍혀버릴 것 같은 기분을 느꼈다. 살면서 결코 그럴 수 없는 일이란 없다는 것을, 점이란 건 찍을 수도 있고 찍지 않을 수도 있다는 것을 모르는 사람이라는 점에서 장 박사는 장 부장과 확실히 달랐다.

그는 원칙을 잘 지켰고, 원칙을 지키지 않는 사람을 그냥 두고 보지 않았다. 나의 동료들은 원래부터 해야 할 것을 하지 않거나, 규칙을 어겨보는 데 필요한 튼튼한 심장을 가지지 못했다. 소심하고 병약한 자들이었다. 게다가 장 도사 건으로 감찰원들에게 불려 가서 혼구녕이 났던 기억은 강렬했다. 어김과 늦음의 미학을 달콤하게 맛보았던 이들은 언제 그랬냐는 듯 장 박사에게 서서히 순종했다.

잠시 뒤 3시부터 청렴 연수를 실시합니다. 교직원 여러분께서는 도서실로 모여주십시오.

주황색으로 깜박대는 메신저 창을 닫고 나는 조금을 더 버텼다. 그러자 이번에는 교실 벽면의 스피커가 지직거렸다.
-에, 지금 도서실에서 청렴 교육을 실시합니다. 교내에 계시는 선생님들께서는 모여주시기 바랍니다. 다시 한번 더 알립니다. 지금 강사님께서 도착하셔서 기다리고 계십니다. 하던 업무 정리하시고 바로 모여주십시오.
더는 버틸 재간이 없었다. 오후까지 보고하라는 공문을 당일 오전에 발송하는 정신 나간 교육청 놈들도 속으로만 욕했다. 연수 명부에 사인을 하고 슬그머니 빠져나올 수 있는 틈을 봐야겠다고 생각했다.
도서실 앞쪽에서 강사가 빔프로젝터를 켜고 프레젠테이션 파일을 열고 있었다. 그리고 그 곁에 장 박사가 서 있었다. 미간에 세로 한 개의 주름을 만들고 무슨 오지랖인지 참석 인원을 점검하고 있었다. 강의를 시작하려는 강사 곁에 슬쩍 가서 귀에 소곤거렸다. 강사가 제지하려 했으나 장 박사가 더 빨랐다. 장 박사가 전체를 향해 외쳤다.
-오늘 연수는 의무적으로 이수해야 하는 것이에요. 바쁘신

것 다 압니다. 그래도 이 와중에 우리는 이렇게 모여 있지 않습니까? 지금 자리에 안 계신 분들, 동 학년에서 챙기셔서 참석하실 수 있게 해주십시오. 강사님께는 조금 기다려 달라고 부탁하는 말씀을 드렸습니다.

지가 뭔데 오라 마라야, 투덜거리는 소리가 작게 들렸지만, 공석은 빠르게 채워졌다.

-진경 선생님, 현 선생님 연락처가 어떻게 되죠?

-아….

누군가가 망설이는 나를 대신해 거기는 건드리지 않는 게 좋을 거라는 말을 해주었다. 그러나 그는 아랑곳하지 않았고 눈빛으로 독촉했으며 어쩔 수 없어진 나는 그에게 현 선생의 번호를 넘겨주었다.

휴대전화에 번호를 누르는 그의 손을 모두가 주목했다. 나는 차라리 현 선생이 전화를 받지 않았으면 했다. 하지만 휴대전화 너머로 기척이 들렸다.

-현 선생님 오늘 연수 있는 것 아시지요? 모두 기다리고 있으니 얼른 오십시오. 네, 네, 아니 여기 있는 사람은 어디 한가해서 모였답니까? 네, 네, 아니 청렴하지 않아서 청렴 교육을 받아야 한다는 게 아니잖아요. 알아도 끝없이 배우고 익히는 게 교사의 본분이에요, 본분.

장 박사의 서슬을 보며 나는 연수 도중 슬며시 빠져나가려는 계획을 조용히 접었다.

-이것 참 하하. 제가 다닌 학교 중에서 가장 출석률이 높네요. 열화와 같은 성원에 힘입어 오늘 청렴 강의를 시작해 보겠습니다.

강사는 설쳐대는 장 박사를 부담스러워하는 것 같았다.

-자, 이제 청렴 강의를 시작하겠습니다. 여러분들, 청렴 민감성에 대해 알고 계시는지요. 자기의 부정한 행위가 사람들에게 어떤 영향을 끼치는지 결과를 예상할 수 있는 것을 말하는데….

연수가 시작되자 사람들은 일제히 고개를 아래로 처박았다. 매년 듣는 강의는 별반 새로운 것이 없어 보였고 실제로 그랬다. 청탁이니 금품 수수이니 하는 말들은 일개 평교사들에게 남의 나라 이야기였다.

-상담하러 온 학부모가 들고 온 캔 커피 한 개도 돌려보내게 만들어 놓고 왜 우리를 상대로 청렴 강의인지 원.

-나는 현장학습 때 애들이 주는 과자 한 개도 안 받아먹는 사람이야. 이거 왜 이래.

-아이 머쓱하게 안 받으면 어떡해요.

-말이 그렇다는 얘기야. 대한민국에서 우리만큼 청렴한 사람들이 어딨다고 매년 이러는지 원.

그들의 넋두리는 강의가 늘어질 때마다 조금씩 새어 나왔다.

나는 강사를 향해 바로 앉아 앞을 응시하며, 연구실에서 내가 먹었던 그들의 공물을 떠올렸다. 찌든 내 하나 없는 약과에는 고급 조청이 발려 있어 달지 않은 디저트의 품격을 느끼게 해주었다. 실한 딸기 과육이 씹히는 우유와 내 입에 한가득 찼던 홍시까지, 내가 장 도사로 인해 얻어먹은 것들은 수도 없었다.

주식과 아파트로 재미를 본 장 도사의 신도들은 감찰원들과 면담 후 따로 장 도사를 찾아가지 않았다. 장 도사에게 잘 보이려 했던 마음과 떠나는 장 도사에게서 돌아섰던 마음 중 어느 것이 더 청렴하지 않은 것일까. 두 마음 중 더 부패한 쪽은 어디일까.

내가 엄마를 따라 남자의 절에 갔던 어느 보름날에 자리 댁 아주머니는 그날도 쑥떡을 가지고 왔었다. 무엇이라도 새로 사서 가져오는 다른 여인들과 달리 자리 댁 아주머니는 언제나 팔고 남은 것을 들고 왔다. 그날 엄마는 시내의 고급 제과점에서 만든 화과자를 가지고 갔다. 그건 전날 큰어머니가 우리 집에 떨구어 놓고 간 것이었다. 귀한 것을 엄마가 그곳에 가져간다고 하였을 때 자리 댁 아주머니의 초라한 쑥떡이 떠올랐고 나는 이내 기분이 좋아졌다.

색색의 설탕 반죽이 꽃으로 피어 있는 형상은 경탄을 자아냈다. 고와서 먹기에도 아깝다고 시장 여인들의 칭찬이 늘어졌고 머리 긴 남자 앞에서 나는 으스대는 기분이 들었다. 마뜩잖게 여기고 남루함을 무시하면서도 그에게 잘 보이고 싶었던 마음은 어디에서 왔을까. 열성으로 강의하는 강사를 바라보며 나는 내 속의 청렴 민감성이 엉뚱한 방향으로 튀고 있음을 느꼈다.

현 선생은 도서실에 오지 않을 것이라 짐작했다. 학교의 룰을 지키는 데 있어 현 선생은 예외라는 교내의 암묵적 합의를 장 박사가 이해하려면 시간이 좀 더 걸릴 것이라고 그렇게 생각했다. 하지만 얼마나 지났을까 스르륵 뒷문이 열리고 뜻밖에도 그녀가 들어왔다. 장 박사의 눈이 샐쭉 가늘어졌는데 현 선생은 그를 향해 생긋 미소를 지어 보이고는 조용히 빈 자리에 들어가 앉았다.

장 박사는 이십 대 후반에 짧은 결혼 생활을 경험했는데 그가 함구했으므로 결별의 원인은 알 수 없었다. 그를 오래전 보았다는 어떤 이의 증언에 따르면 이십 대에는 꽤 보기가 괜찮았다고 했다. 그러나 나이에 비해 다소 일찍 진행되고 있는 탈모와 돌출형 안구 탓에 지금은 그리 매력적으로 보이지 않는 것이 사실이었다. 비호감에 가까운 외모와 별개로 그를 겪어본 학교 사람들 사이에서는 이혼의 사유를 알 것도 같다는 비아냥이 흘러나오기 시작했다.

장 박사의 말마따나 배우고 익히는 것이 의무인 교원은 일 년에 60시간 이상의 연수를 이수해야 했다. 연수 시간을 채우는 방법을 제각각이었다. 우직하고 정직한 유형은 정공으로 익히고 공부했다. 누군가는 온라인 연수 영상을 틀어놓고 딴 일을 했다. 영상 속 음성을 노동요처럼 여기며 아이들의 일기를 읽었고, 단원 평가지를 채점했다. 또 누군가는 연수 이수 보고가 있는 학기 말에 모니터 두 대를 동원했고, 한 챕터가 끝나면 자동으로 다음 챕터로 넘어가게 하는 프로그램을 돌렸다. 어쨌든 각자의 방식대로 모두 60시간을 채우기는 했다. 암묵적으로 예외가 허락된 단 한 사람만 제외하면 말이다. 장 박사가 나타나기 전까지 그것을 문제 삼는 사람은 아무도 없었다.

장 박사는 현 선생을 날카롭게 독촉했다. 교장도 교감도 아닌 그가 어찌해서 동료 교사에게 자꾸 규칙을 들이미는지 이해할 수 없었지만, 그의 논리에는 하자가 없었다.

-우리는 국가 공무원입니다. 권리도 있지만 그만큼 책임도 엄중한 것이에요. 현 선생님, 연수는 의무적으로 들어야 하는 것입니다. 누구도 예외가 있을 순 없어요. 완료 보고일이 보름 정도 남았네요. 기한 안에 이수할 수 있도록 협조 부탁드립니다.

현 선생의 우울이 다시 도지지 않을까 아니면 그녀가 장 박사를 들이박지는 않을까, 동료들은 염려를 표하면서도 재미있어하는 표정을 숨기지 못했다. 예상은 또 빗나갔다. 그의 독촉이 있고 나서 현 선생은 바로 온라인 연수 비용을 카드로 결제했고 우직하고 정직하게 한 장의 챕터도 허투루 넘기지 않고 공부를 했다. 그리고 보고 마감일 전날 60시간을 증명하는 이수증을 들고 자박자박 장 박사의 교실로 향해 걸어갔다. 그리고 그를 빤히 바라보았다. 마치 칭찬을 기다리는 아이와 같이.

-이거 누울 자리를 보고 다리를 뻗는다는 거 말이야, 현 선생이 여태껏 딱 그랬구만.

-무서운 선생한테는 찍소리 하나 못 하는 애들과 다를 게 뭐야.

현 선생은 강약약강의 비열함에 대한 야유를 피하지 못했다. 사람들은 슬쩍 내 눈치를 봤다. 내가 현 선생의 누울 자리였다는 것이 새삼스레 원통하지는 않았다.

나는 내 슬픔이 일개 소문이 되어버리는 것이 두려웠다. 그래서 사람들 입 위에서 훼손되는 것이 싫다는 비겁한 이유를 들어가며 아버지를 투명하게 애도하지 않았다. 나의 울음은 주눅이 들어 있었다. 현 선생과 나는 서로가 필요했을 뿐이다. 그녀는 위로가 필요했고 나는 그런 현 선생을 이용해서 불면의 순간을 당당히 마주하려 했다. 그리고 내 이런 사정은 딱 한 사람에게만 설명하면 된다고 생각했다.

어느 날이었다. 나는 강당에서 희한한 장면을 목격했다. 혼돈의 시간으로 어수선한 학교 분위기를 쇄신하고자 교장이 느닷없이 교직원 친선 배구대회 개최를 선언했다. 그 행사가 정말로 교직원의 화합에 도움을 줄지는 미지수였지만 사람들은 장 도사가 나타나기 전처럼 관리자의 말을 고분고분 잘 듣는 순둥이들로 돌아왔다. 교장의 말대로 강당에서는 배구 경기가 열리게 되었으며 나처럼 몸치인 사람들도 응원을 빙자하여 거기로 모여들 수밖에 없었다.

거기에서 나는 그저 조용히 재원을 보고 싶었다. 배구공을 자꾸 비켜만 가는 그의 어설픈 수비를 안쓰럽게 바라보았다. 나는 그와 오래 이야기를 하고 싶었다. 그런데 재원과 둘이 있을 시간을 마련해 보려 치면 어떻게 알고 나타나는지 어김없이 희영이 끼어들었다.

희영은 셋이 있는 자리에서 꼭 둘만 아는 이야기를 했다. 그녀는 임용을 준비하면서 영어 수업 시연 스터디를 했던 경험을 재원과 공유했다. 그리고 그들의 학창 시절을 지배했던 아이돌 가수에 대한 추억도 꺼냈다. 영어 수업 시연 없이 임용고시를 보았던 내 과거의 기억과 나의 감수성을 살찌게 만들었던 옛노래들은 오래 묵은 장아찌 같은 것들이 되었다. 나는 조금 울적해지려고 하던 참이었다.

내 맘을 알 리 없는 현 선생이 곁에서 치근거렸다. 새로 산 세트가 있는데 꼭 써봐야 한다고 했다. 포장지를 까면 얇은 필름이 나오는데 입천장에 딱 붙이고만 있으면 된다고 하였다. 그러면 노화 방지 신물질이 내 몸에 흡수되어 피부를 탱탱하게 해줄 것이라고.

-진경 샘은 기미 없어? 우리 이제 신경 써야 하는 거 알지?

숨결이 느껴질 정도로 그녀는 내게 얼굴을 가까이 들이밀었다. 저쪽 멀리에서 벌써부터 희영은 흥미롭다는 듯 우리를, 어쩔 수 없는 우리를 보고 있었다. 그때였다. 현 선생에게서 요상스러운 탄식이 흘러나온 것이. 나는 고개를 돌려 그녀의 시선이 닿은 곳을 따라가 보았다. 거기에 장 박사가 있었다.

코트 위로 공이 조용히 떠 올랐다. 장 박사는 성급히 달려들지 않고 기다렸다. 동그르르 돌며 올라가던 공이 이윽고 정지화면처럼 움직임을 멈추는 찰나 그가 용수철처럼 탱탱한 반동을 일으키며 위로 튀어 올랐다. 나는 그 모습이 하늘을 나는 두꺼비 같이 괴이하다 생각했다. 그러나 현 선생에게는 그렇지 않았나 보다.

장 박사의 몸이 한순간 활처럼 휘어지고 동시에 그의 오른팔이 빠르게 반원을 그렸다. 공은 날카로운 직선을 그리며 상대편 코트에 내다 꽂혔다. 운동 실력이 없기도 하였지만 일방적인 교장의 소집에 설렁설렁 흉내만 내고 있던 사람들은 장 박사가 혼신을 다해 쏟아내는 경기력에 당황하며 얼어붙고 말았다.

-아….

현 선생은 장 박사가 뛰고 있는 경기장 안으로 빨려 들어갈 것 같았다. 그녀는 박사에게서 눈을 떼지 못했다. 나는 고군분투했던 현 선생의 삶의 무대에, 고양된 감정을 폭발시켰던 외로운 일인극에 마침내 새로운 등장인물이 나타났음을 감지하였다. 현 선생은 계속해서 앓는 듯한 탄식을 내뿜으면서도 동시에 부풀어 올라서 마치 장 박사가 두드려 대는 팽팽한 배구공같이, 그렇게 보였다.

1

나는 음력으로 초하루와 보름이 된 것을 엄마가 집에 가져다 놓은 것들로 알았다. 말린 무를 덖어서 만든 차와 수세미 엑기스는 또 어디에 좋은 것일까. 엄마와 남자가 주고받는 것들은 대체로 그런 먹거리들이었다.

엄마는 집에서 매일 기도를 했다. 작은 방 한쪽 벽을 거울삼아 절을 했고 그 일이 끝나면 가부좌를 틀었다. 엄마의 핸드폰은 식탁 위에 있었다. 그리고 잠금장치를 걸어두지 않았다. 나는 마음만 먹으면 엄마가 타인과 나누는 대화를 열어볼 수 있었다. 궁금했다. 남자와 함께 있는 창에서 엄마가 무슨 말을 하는지.

드르륵.

핸드폰을 거기에 두고 엄마가 쓰레기를 버리러 나갔을 때나 아니면 화장실에서 큰일을 보고 있을 때 진동이 오면 나는 화면을 몰래 열어보고 싶었다. 유혹에 이끌려 손가락을 화면 가까이에 가져갔다가도 내가 마치 흥신소 직원이 된 것 같아 도로 거두기를 여러 차례였다.

기도할 때의 엄마는 중얼중얼, 고요한 한낮에 쪽방을 향해 집중하여 귀를 기울이면 그녀가 신을 향해 올리는 말을 들을 수 있었다. 내 어린 시절부터 꾸준히 엄마의 기도는 참회로부터 시작한다.

-부처님, 대한민국 ××시 ××동에 사는 최옥순이가 기도를 올립니다. 과거 전생부터 제가 어리석어 지은 죄, 알고 지은 죄, 모르고 지은 죄를 모두 모두 참회합니다. 탐해서 지은 죄, 성내서 지은 죄, 어리석어서 지은 죄를 참회합니다. 저는 대역죄인입니다, 부처님….

한참의 참회가 끝나면 그다음의 기도는 그때그때 달랐다.

-대한민국 ○○시 ○○구 ○○동 ○○초등학교에 근무하는 제 딸 김진경이가 내일 수학여행을 갑니다. 비행기가 무사히 뜨게 해주시고 제주도에서 김진경이와 김진경이가 가르치는 아이들이 건강하게 다닐 수 있게 보살펴 주십시오.

두루뭉술한 참회의 다음에 이어지는 기도는 꽤 구체적이었다. 내가 어린 시절에는 제 딸이 꽃처럼 어여쁘게 자라게 해주십시오, 내일 제 딸이 시험을 칩니다, 실수하여 고통받지 않도록 해주시고, 기왕이면 올백을 맞아 할 수 있다는 용기와 희망을 심어주시고, 이런 낯 뜨거운 기도를 했다. 엄마의 기도는 이루어진 것도 있고 그렇지 않은 것도 있었다.

-멀리 있는 작고 가난한 나라에 지진이 났다고 합니다. 할 수만 있다면 거기에서 냄비를 걸고 밥이라도 지어 먹이고 싶건만 그럴 수가 없습니다. 그 불쌍한 사람들 보살피고 거두어 주십시오.

-부처님, 내일은 우리나라에서 일할 사람을 뽑는 날입니다. 훌륭한 사람이 많이 뽑혀서 우리 대한민국을 잘 다스릴 수 있도록 굽어살펴 주십시오.

종종 거국적이고 전 지구적인 내용의 기도를 할 때도 기도의 마무리는 언제나 대한민국에서 선생 노릇을 하며 살아가는 김진경이의 안위를 기원하는 것이었다. 신과 허물없는 사이처럼 엄마는 나에 관해서라면 시시콜콜한 것들을 모두 고하고 빌었다.

용맹스러웠던 노년의 여인들은 시장에서 종적을 감추었고 시장 사람들 기억 속에는 그들 곁에 한때 예언자가 존재하였는지도 가물가물해졌다. 이제는 물어보고자 하는 이도 깨닫고자 하는 이도 없었다. 아무도 남자의 현관을 두드리지 않았다.

-당신은 자유롭게 해방될 것이오.

엄마는 해방될 수 있을까?

깨룩, 벽에 기대어 앉아 낮잠에 빠져든 엄마의 얼굴을 보았다. 엄마가 어딘가에 홀로 기대어 앉은 모습은 여전히 나를 쓸쓸하게 만든다. 잠결에도 긴장을 내려놓지는 못하는 듯 눈썹 한쪽이 찌그러지고 미세하게 입꼬리가 비틀어졌다. 해방을 위해 내가 안간힘을 써서 마련한 공간 속, 그 안에서 엄마는 허물어져 있었다.

여느 때처럼 잠들지 못한 깊은 밤에 나는 아직 온전히 이루어지지 않은 예언의 실체를 깨달았다. 해방은, 엄마가 벗어나야 할 것은 아버지로부터가 아니라 실은 나였다는 것을. 서른일곱을 먹고도 여전히 운명 공동체에서 떨어져 나갈 생각 없이, 젖먹이 어린아이처럼 엄마에게 딱 달라붙어 있는 나에게서 벗어나는 것이 엄마가 맞이할 진정한 해방이라고 이제 인정해야 했다. 한 뼘 더 똑똑해진 서른일곱의 나는 마침내 남자의 예언에서 생략된 구절을 찾아냈다. 엄마가 있어야 할 공간은 여기, 내 집이 아니었다.

찬 공기에 얼었다가 풀린 볼이 발갛게 변해 술을 마시지 않은 사람들도 알싸하게 취한 듯 보였다. 일 년을 마무리 짓는 회식에서는 맘 놓고 술 한잔하자는 분위기가 흘러 식당은 학교에서 걸어 올 수 있는 곳으로 정해졌다. 열을 올린 바닥 위에서 노곤한 몸들이 흐물거리기 시작했다. 테이블 위까지 바짝 내려온 배기관이 제 역할을 못 해내는 것인지 금세 연기가 자욱하게 홀을 뒤덮었다.

구워지는 족족 입으로 가져가는 걸로 보아서 장 박사는 고기를 좋아하는 모양이었다. 간장 양념은 금방 타버린다고 나직이

중얼거리며 재원은 고기 굽는 데에 온 신경을 집중하고 있었다. 그는 장 박사의 재빠른 젓가락질을 피해 고기를 내 쪽으로 옮겨다 주었다. 나는 고개를 돌려 희영이 어디에 앉아 있는지 확인했다. 두 칸 건너 대각선, 희영도 가끔 이쪽을 건네다 본다.

-우리 장 도사님은 잘 계시나?

누군가가 휴대전화를 뒤져 장 도사의 프로필 사진을 찾았다. 나도 종종 그런 식으로 그의 근황을 확인하곤 했다.

-키야, 이게 몇 자짜리야.

이번에 올린 사진은 그가 낚시로 잡아 올린 것으로 추정되는 참붕어였다. 사진은 벤치 아래 길고양이, 초를 꽂은 케이크 따위로 별다른 맥락 없이 수시로 바뀌었다. 강제 병가 중인 장 도사 안위를 사진만으로는 정확하게 알 수 없었다. 그는 내년 봄에 어느 학교로 발령이 날 것이다. 작은 바람에도 흔들리는, 거기에도 어김없이 존재할 연약한 이들을 앞에 두고 그는 어떤 예언을 다시 시작하게 될까.

무슨 볼일이 있었는지 현 선생이 늦게 들어왔고 내 예상대로 그녀는 우리 학년이 앉아 있는 탁자로 성큼성큼 왔다. 지글거리던 불판들은 거의 소강상태였다. 현 선생이 아무도 손대지 않은 작은 고구마 하나를 집어 들었다. 정성스럽게 껍질을 깠으며 그것을 장 박사에게 내밀었다.

-사양하겠습니다.

망설임이 없는 거절이었다.

-밤고구마라 맛있을 텐데요.

현 선생은 거기에서 그만두지 않았다.

-부장님은 이상형이 어떻게 되나요?

좌중이 일순간 고요해졌다. 소주잔이 오고 가고 어떤 이들은 더러 젓가락을 움직이기도 했지만, 모두의 귀는 우리가 앉은 테이블을 향해 있었다.

-그런 거 없습니다.

그녀는 지치지 않고 소주잔을 거머쥐었다.

-장 선생님께서 따라 주는 술을 한 잔 받고 싶어요.

그가 현 선생 쪽으로 고개를 획 돌렸다.

-이것 봐요, 현 선생님. 지금 뭐라고 하셨습니까?

-장 선생님께서 제게 술을 한 잔 주시면 좋겠다구요.

-무슨 의도로 제게 그런 말씀을 하시는 거지요?

-의도? 아, 의도라면….

현 선생이 배시시 웃었다. 장 박사의 얼굴이 시뻘겋게 변했다. 열이 잔뜩 오른 얼굴로 장 박사는 현 선생을 향해 성 인지 감수성에 대한 연설을 일장 늘어놓았다. 허나 현 선생은 아무런 타격을 받지 않았다.

-네, 네.

그녀는 가르침을 새겨서 듣는 온순한 아이같이 해맑게 경청하였다. 강당에서처럼 황홀한 얼굴이었다.

두 칸 건너 대각선에서 웃음소리가 들려왔기에 나는 그쪽을 쳐다보았다. 참는 것을 그만둔 희영이 옆자리 동료를 향해 입을 벙긋거리고 있었다. "코미디야, 코미디." 대충 그런 말인 것 같았다. 한결같은 희영의 무례를 나는 가만히 바라보았다.

무엇인가 충분히 차올랐다는 것이 느껴졌다. 벌써부터 기다리고 있었는지 모르겠다. 어디론가 나를 끌고 가게 될 욕망의 완전한 배태를. 나는 스르륵 그것에 이끌려 움직이고 싶었다. 그 일을 더 오래 기다릴 생각은 없었다.

-자기 그거 알아?

언제 옆자리로 왔는지 교무가 내 어깨를 툭툭 치며 속삭였다.

-내가 있잖아, 그때 장 도사를 찾아갔었더랬어. 왜 현 선생이 진경 샘의 이야기를 동네방네 나발 불고 다녔을 때 말이야. 학년부장으로서 가만히 있으셔야 하겠냐고, 한번 떠봤더랬지. 그랬더니 가만히 기다려 보래.

교무는 소주병을 들어 자신의 잔을 채웠다.

-현 선생 잡는 임자는 따로 있다고, 걱정할 것 없다고.

그는 껄껄 웃으며 소주 한 잔을 톡 털어 넣었다.

―하여간 장 도사 신통력 하나는 기가 막히지 않아?

예언처럼 결국 일어날 일이었기 때문일까, 현 선생은 무성한 뒷말을 낳았던 그날의 회식이 마무리되고서도 줄곧 혼자서 평화로웠다.

'끌리는 대로 행동하라.'

내가 장 도사의 예언을 따르려 일부러 그랬던 건 아니었다. 장 도사의 수많은 예언은 '내일 아침에는 해가 뜰 것이다.'처럼 그저 조금 앞서 말한 이야기에 지나지 않았다. 도사의 예언 없이도 해는 떴다. 나는 두렵지 않았다. 나 역시 현 선생처럼 내내 평화로울 자신이 있었다.

나는 그 시각 그곳에 희영이 있다는 걸 알고 있었다. 그래서 연구실로 갔다. 파티션은 반쯤 열려 있었고 너머의 희영은 무리 없이 홀로였다. 내가 연구실에 들어왔음을 그녀에게 알리지 않았고, 저쪽의 희영도 자신이 거기 있음을 나에게 말하지 않았다.

이윽고 연구실 쪽으로 향하는 또 하나의 발소리가 들렸다. 서두르지도 느리지도 무겁지도 가볍지도 않은 딱 내가 좋아하는 발소리다. 희영도 저 소리를 기다렸을까. 생활기록부 정리를 처음 해보는 재원은 업무에 지쳐 다소 피곤해 보였다. 하지만 내가 기다렸던 안온한 얼굴이 분명했다. 나는 그의 평화도 의심하지 않았다.

나는 그에게 가까이 갔다. 우리는 서로를 바라보았다. 욕망이 내 몸을 꽁꽁 휘감았다. 희영이 파티션을 넘어오기 전이어야 한다. 흐트러진 그의 머리를 쓸었다. 그리고 그의 뺨에 손을 올렸다. 우리는 동시에 다가갔고 입을 맞추었다. 우리의 호흡은 함께 거칠어졌다. 마치 해가 지면 다시 뜨는 것처럼 우리의 입맞춤은 당연한 일에 불과했다. 나는 적의로 가득 찬 희영의 눈을 대면하는 일이 무척이나 기다려졌다.

학교에는 겨울이 일찍 왔다. 누군가는 나랏돈이 임자 없는 눈 먼 돈이라며 날림으로 대충 건물을 지어놓은 건축업자를 탓했다. 쌀쌀한 계절이 시작되면 마치 길바닥 한가운데 앉아 있는 것처럼 냉기가 사방의 벽을 뚫고 들어왔는데 그것은 뚝딱뚝딱 지어 올려놓고는 뒤도 돌아보지 않고 빠져버리는 한탕주의자들 때문이라는 말이다.

현 선생이 아무리 그래도 때 이르다 싶게 두꺼운 모피 목도리를 칭칭 두르고 왔다. 그리고 내게 딱 붙어서 자신의 근황을 시시콜콜 공유해 주었다. 나는 우리의 관계가 아리송해졌다. 현 선생과 내가 뭐 친구 비슷한 관계로 진입한 것으로 여기면 되는 걸까. 나로서는 확신이 없었지만, 현 선생은 이미 나를 친구로 여기고 있는 것 같았다. 그것도 아주 절친한.

보통의 동료들은 내게 친절한 어투로 삶이 지금보다 더 나아지려면 어떻게 해야 하는지 다정하게 조언하곤 했다. 그들은 겸손한 눈빛으로 자기가 구도심에 묵혀둔 아파트값이 최근에 얼마나 올랐는지 말했다. 또 자기 말 한마디에 남편이 얼마나 전전긍긍하는가, 원어민과 술술 대화를 나눌 정도로 기르기 위해서는 아이를 어떤 유치원에 보내야 하는가. 하나 궁금하지 않은 것들에 대해 내게 이야기했다. 그들처럼 현 선생은 내 귀에다 대고 한참을 떠들었다. 평범한 동료들의 썰과 다른 그 이야기가 솔직히, 지루하지는 않았다.

퇴근을 앞두고 현 선생은 옷을 갈아입기 위해 쇼핑백에 든 것을 주섬주섬 꺼내어 풀었다고 했다. 거기에서는 몇 번 신지 않아 새것처럼 보이는 운동화와 땀에 젖어도 금방 마르는 기능성 티셔츠, 그리고 짧은 운동용 팬츠가 나왔다. 현 선생은 직장인들을 상대로 배구 강습을 해준다는 사설 스포츠클럽에 등록했다. 일주일에 세 번 저녁 시간이었고 장소는 지역 스포츠센터였다. 거기에는 그녀 생에 일찍이 경험해 보지 못한 것들이 기다리고 있었다.

전직 배구선수인 여자 코치는 운동을 업으로 하다가 그만둔 이들이 대체로 그러하듯 퉁퉁한 체격에 우람한 목소리를 가지고 있었다. 코치는 체육관 안에서 누구도 가만히 있는 것을 용납하지 않았다. 현 선생은 두 팔을 위로 쭉 펴고 자기 정수리를 향해 떨어지는 공을 오므린 손으로 받아내는 동시에 다시 올리는 토스 연습을 등이 축축하게 젖을 때까지 했다. 목과 등이 뻣뻣하게 굳어가는 것 같아 선 채로 잠시 쉬어 볼라치면 어느새 코치가 다가와 군대 교관처럼 "하나 더."를 나지막하게 읊조렸다.

-잔발, 잔발.

쉬지 않고 다다다 거리는 걸음걸이를 왜 잔발이라고 부르는지 그리고 왜 그런 우스꽝스러운 동작을 쉬지 않고 해야 하는지 현 선생은 알 수가 없었지만, 배구계의 룰이라고 여기며 순순히 받아들였다. 던져주는 공을 받기 위해 상체를 조금 숙이고 두 발을 방정맞게 다다다 거리고 있는 자신의 모습이 당혹스러웠지만 잘하는 사람이 되기 위해 감수해야 할 자그마한 굴욕이라 생각하고 얼른 마음을 고쳐먹었다.

코치가 던져준 공이 지나간 현 선생의 손목에 멍 꽃이 피었다. 첫 번째 훈련이 끝난 다음 날에는 무심코 변기에 앉다가 그녀는 악 소리를 지를 뻔했다. 다리를 굽히는 순간 허벅지부터 허리 그리고 등까지 찌릿하게 전기가 흘렀다. 뭉친 근육은 온종일 고통을 주었다. 계단을 오를 때는 난간을 붙들고 한 칸 한 칸 신중히 걸음을 떼어야만 했기 때문에 지나가던 아이들이 의아한 눈으로 음악 선생을 쳐다보았다.

그다음 번은 더 세진 강도로 훈련이 이어졌고 고통은 더해졌다. 현 선생은 텔레비전에서 무심히 보았던 운동선수들이 실은 자기는 감히 따라가 보지도 못할 정도로 강인한 자들이었음을 뼈저리게 깨달았다. 학창 시절 역사 시간에 문신과 무신의 대립을 공부할 때 몸보다는 머리 쓰는 자들이 우위를 차지하는 것이 당연하다 여겼던 일을 떠올렸다. 그리고 무용이나 체육 기능으로 대학에 들어가는 이들을 은근히 깔봤던 일도 생각했다. 현 선생은 이제 그것을 반성했다.

공이 제법 손가락 끝에 그리고 손목에 착착 붙는다는 느낌이 들었던 것은 몇 주가 지나서였다. 어쩌면 가망이 없을 수도 있겠다고 미심쩍은 눈초리만 보내던 코치가 그렇지, 그거지라며 소박한 칭찬을 현 선생에게 건네주었다.

현 선생은 한참 동안 내게 이야기했다. 여기저기 쑤시지 않은 곳이 없노라 하소연하며, 그러나 자신은 끝까지 가보겠다 했다. 그녀는 고된 훈련의 결과를 꼭 실전에서 확인하겠다는 소망을 나에게 드러냈다. 잔발, 잔발 주문을 외우며 공이 착륙할 것으로 예상되는 지점을 향해 다다다다 뛰어갈 것이다. 그리고 두 다리를 어깨너비 정도로 안정감 있게 벌릴 것이다. 유연해진 팔을 앞으로 죽 내밀면 때를 맞추어 공이 두 손목에 툭 하고 떨어질 것이다. 거기에서 다시 안정감 있게 솟아오른 공은 세터의 손을 거쳐 장 박사에게로 갈 것이다. 박사는 새처럼 날아오를 것이다. 상대 코트로 날카롭게 꽂히는 공격, 점수의 추가. 와- 하고 터진 환호성은 현 선생과 장 박사에게 향할 것이다. 쫘악- 뜨겁게 달아오른 그들의 손이 함께 맞부딪힐 것이다.

미래 시제로만 가득한 문장들을 늘어놓으며, 아직 일어나지 않은 일을 꿈꾸듯 묘사하는 현 선생의 눈이 참으로 아련하였다. 나는 장 도사의 예언이 꼭 맞아 들어가길 바랐다. 그리고 근육통이 찾아온 허벅지를 연신 주물러 대는 현 선생에게 줄 파스를 찾으러 보건실에 들러야지 생각했다.

도서실로 모이라는 교내 방송이 울렸다. 독촉하는 이는 없었고 모두 제 발로 그곳으로 모였다. 일부러 꾀부리며 지체하는 이 아무도 없이, 이들이 이렇게까지 빨리 모인 적이 있었던가.

탁자마다 올려진 귤 한 접시는 이것이 올해의 마지막 연수임을 말해주고 있었다.

-아이구, 이거 주전부리까지 준비하셨네요, 일 년 예산 다 터느라고 고생했어요.

-아, 네. 만 원 한 장 남은 것 없이 깨끗이 없앴습니다. 많이들 드세요. 이게 그냥 귤이 아니에요.

 과연 붉은 기가 도는 윤나는 껍질에는 한자로 명품이라고 쓰인 작은 스티커가 붙어 있었다. 학년별로 삼삼오오 모여 앉았고, 강의는 시작되기 전이었다. 도서실은 이내 상큼한 귤 향기로 가득 찼다. 내 앞자리에는 하루가 부족하게 연구와 업무에 매진하느라 다과 시간에도 휴대전화에서 눈을 떼지 못하고 있는 장 박사가 있었다. 그리고 그의 옆자리는 벌써부터 현 선생이 차지하고 있었다.

 머리칼 한 올이 흐르지 않게 올려붙여 묶은 머리 덕분에 현 선생은 때끈한 밤톨 같았다. 앱을 사용해 일정을 조정하고 있던 장 박사는 갑자기 아래에서부터 쑥 들어온 손에 움찔 놀랐다. 현 선생의 손끝에는 흰색 속껍질마저 말끔하게 제거해 버린 민둥한 귤 조각이 있었다. 됐습니다, 호의를 거절당해도 현 선생은 편안했다. 천천히, 머쓱해하지 않고 손에 든 것을 제 입으로 가져다 넣었다.

 짧은 다과 시간이 끝날 때까지 기다려 주던 강사가 이내 강의를 시작했다.

 -안녕하세요. 생명존중교육 연수를 진행하겠습니다. 선생님들께서는 생명존중, 자살예방교육 연수를 매년 들으시잖아요.

그렇다면 질문 하나를 드리겠습니다. 소중한 생명을 영위할 수 있게 하는 힘, 그것은 무엇일까요? 네, 바로 행복입니다.

강사의 말이 귓가로부터 아득해지려 해서 나는 맞은편의 현 선생을 바라보았다. 그녀는 강사를 뚫어지게 응시하고 있었다. 나도 그런 그녀를 따라 했다.

-행복은 사실, 아주 주관적인 심리상태이지요. 기쁨과 만족을 느끼는 흐뭇한 상태인 행복을 위해서 선생님들은 어떤 노력을 하고 계신가요?

내 동료들은 강의에 집중했다. 그런 집중이 불편하지는 않았다. 강사는 보답이라도 하는 듯 열과 성을 다해갔다.

-선생님, 행복을 증진하기 위한 십계명이 있어요. 우리 함께 따라 읽어볼까요? 첫째, 운동을 합시다. 둘째, 좋았던 일을 떠올려 봅시다. 셋째, 친구에게 전화를 해봅시다. 넷째, 하루에 한 번 유쾌하게 웃어봅시다….

가르침이란 늘 선명하다. 행복을 증진하기 위한 매뉴얼은 명쾌하기만 했다. 나는 아버지에게 전화를 건다. 그리고 오늘 하루에 있었던 좋았던 일을 재잘거린다. 아버지는 따라 웃는다. 나는 아버지와 나의 미래가 좀 더 나아질 것이라고 낙관적으로 생각한다. 내 낙관은 아버지에게도 번져간다. 그에게 미소 짓는 일은 이제 낯선 것이 아니다. 우리는 언제 어디서 만나더라도 서로에게 반가운 인사를 건넬 준비가 되어 있다. 나의 상상도 모조리 미래형이다. 허깨비 같은 두 사람, 나는 누구이고 그는 지금 어디에 있는가.

따라 복창하는 현 선생의 입이 둥지 안에서 어미를 향해 벌리는 새끼 새의 것처럼 크게 열려 있었다. 나는 따라 복창하는 현 선생을 따라 했다. 교장이 그리고 교감이 번갈아 현 선생과 나, 우리 쪽을 바라보았다. 연수는 한창이었고 마침내 재원이 도서실로 들어왔다. 지금이 모두가 기다려 왔던 시간일까.

요즘 학교 내 여론은 뜨겁게 양분되어 있었다. 목격자인 희영의 증언대로 나 김진경이 후배 교사인 재원에게 가한 성희롱이 맞다고 크게 소리치는 이들이 있었다. 그리고 다른 한쪽에는 남녀 사이의 일은 누구도 알지 못하는 거라고, 연구실에서 벌어진 두 남녀의 신체 접촉이 쌍방 합의에 근거한 것일 수도 있다며 한 발 물러서는 이들이 있었다.

그들은 만날 때마다 논쟁하는 것을 즐겼다. 자신의 의견이 옳음을 상대에게 증명하기 위해 그간 교직 생활에서 만나고 들었던, 무수한 A와 B들을 옛 기억 속에서 소환시켰다. 그들은 상대가 제시하는 반증 사례를 놓치지 않고 새겨듣다가 지치지 않고 또 다른 반박을 하는 것을 반복했다. 겨울의 학교는 후끈했다.

재원은 느릿한 걸음으로 내 곁에 앉았다. 그리고 강의 중임에도 불구하고 귤을 들어 천천히 깠다. 최상품의 귤 내음은 빠르게 퍼졌다. 향을 따라 시선들이 일제히 모아졌다. 그들이 우리를 바라보았다. 재원은 나에게 깐 귤을 내밀었고 나는 입을 활짝 벌려 그것을 받아먹었다. 우리는 퍽이나 예의가 없었다. 나는 이쪽을 째려보는 강사의 시선을 무시하고 들리는 이야기의 주인공이 된 재원을 마음껏 환대하였다. 입속에서 과즙이 축포처럼 터졌다. 우리는 마침내 완전하게 A와 B가 된 것 같았다.

나 역시 참회로 시작했다.

내가 기억하지 못하는 과거부터 지어온 죄를 용서해 주세요. 저의 죄를 참회합니다. 무조건 잘못했습니다.

당신을 몰랐습니다. 지금도 모르겠습니다. 알 수가 있었겠습니까. 어쩌면 모르는 것이 당연한 거 아닌가요.

무거운 겨울옷을 벗어 내던지듯이 아니면 문틀을 훌쩍 넘어가듯이 삶과 죽음의 경계쯤은 대수롭지 않게 된 그런 경지였을까, 제멋대로 상상해 본 것을 참회합니다.

무서웠던 당신을 지금에야 마음껏 가여워하는, 가여워하지 않으면 마치 큰일이라도 날 것처럼, 당신의 고단함을 힘껏 슬퍼하는 나를 참회합니다.

참회합니다. 이제 슬그머니 당신의 거칠었던 손바닥을 잊어도 될까요.

우리는 한 번도 서로에게 제대로의 인사를 건넨 적이 없습니다. 그것 역시 잊어도 되겠습니까.

누구라도 한 번쯤은 제대로 살고 싶은 것 아니겠습니까. 더군다나 남은 것이 고단한 육신밖에 없는 가여운, 늙은 여인이라면. 이제는 그녀가 그토록 소원하던 자유와 해방을 허락하여야 하지 않을는지요.

그래도 된다고 마음대로 결정해 버리는 저를 참회합니다.

당신이 넘어간 그쪽에서는 여기의 일이 그리 무겁지 아니할 것이라, 마음대로 여겨버리는 저를 참회합니다.

또 참회합니다.

나이를 먹고도 놓아주지 아니하고 들러붙어 기생하며 살아온 저를 참회합니다. 이제는 나아가 얼굴이 철판처럼 견고해지길 갈망하며, 욕망을 마음껏 누려볼 내일을 기다리는 저를 용서하세요.

이끄는 대로 따라간 나의 최초의 기도가 누구를 향해 하는 것인지 분명하지 않았다. 다만 나의 기도는 엄마의 기도처럼, 누군가들의 예언처럼 하나도 고상하지 않았다는 점은 확실했다. 나는 에라이, 모르겠다 하는 심정으로 실컷 참회하고 또 참회하였다.

예언자

초판 1쇄 발행 2025. 2. 28.

지은이　백소원
펴낸이　김병호
펴낸곳　주식회사 바른북스

편집진행　박하연
디자인　양헌경

등록　2019년 4월 3일 제2019-000040호
주소　서울시 성동구 연무장5길 9-16, 301호 (성수동2가, 블루스톤타워)
대표전화　070-7857-9719 | **경영지원**　02-3409-9719 | **팩스**　070-7610-9820

•바른북스는 여러분의 다양한 아이디어와 원고 투고를 설레는 마음으로 기다리고 있습니다.

이메일　barunbooks21@naver.com | **원고투고**　barunbooks21@naver.com
홈페이지　www.barunbooks.com | **공식 블로그**　blog.naver.com/barunbooks7
공식 포스트　post.naver.com/barunbooks7 | **페이스북**　facebook.com/barunbooks7

ⓒ 백소원, 2025
ISBN 979-11-7263-983-9 03810

•파본이나 잘못된 책은 구입하신 곳에서 교환해드립니다.
•이 책은 저작권법에 따라 보호를 받는 저작물이므로 무단전재 및 복제를 금지하며,
이 책 내용의 전부 및 일부를 이용하려면 반드시 저작권자와 도서출판 바른북스의 서면동의를 받아야 합니다.